*Für Ute*

*eine außergewöhnliche Frau
und liebenswerte Freundin*

TWENTYSIX – der Self-Publishing-Verlag
Eine Kooperation zwischen der Verlagsgruppe Random House
und BoD – Books on Demand

Herstellung und Verlag:
BoD – Books on Demand, Norderstedt

Ausgabe 1 / 2018
ISBN 9783740750909

Illustrationen: C. Semrau

# MILOU & DU

1. Hey Du!

Ja genau, dich meine ich. Brauchst dich nicht umzudrehen, ich stehe hier. Hier unten, zu deinen Füssen.
Eine schwarze Hündin in den Abendstunden sieht man halt nicht gleich. Dich habe ich gleich wieder erkannt. So alleine unterwegs? Bin ich gar nicht gewohnt von Dir, Triffst Du Freunde?
Kenne ich die auch? Du lächelst, also kenne ich sie?
Wer ist es?...Wer? Sag schon.
Spanne mich nicht auf die Folter. Sag schon!
Du fragst, wo mein Frauchen ist? Da hinten, neben den zwei Eichen und dem Fliederbusch. Hat sich fest gequatscht die Gute,
mit einer Ballettfreundin, aus früheren Tagen. Lang , lang ist´s her.
Lenke nicht ab, mein Freund. Brauchst nicht zu winken. Tu das nicht. Die kommen sonst her, das brauche ich jetzt nicht. Will lieber mit Dir quatschen.
Hallo hier spielt die Musik. So sagt es immer mein Frauchen, wenn ich abgelenkt bin. Musik, höre ich keine, außer das Radio läuft. Weit kann unserer nicht laufen, der ist festgemacht mit einem Kabel in der Steckdose. Warum machst du das? Hör auf mein Frauchen zu rufen, die weiß doch, dass ich bei Dir stehe.
Da drüben, kommen Michel und Elke, Erika und Wolfgang.
Das wird lustig. Michel ist Franzose und spricht deshalb etwas komisch, mit Akzent. Sein Frau ist Lehrerin und spricht, wenn Sie will, nach der Schrift. Erika, ist meine Glitzer-Elfe, genau nach meinen Geschmack. Sie leuchtet auch Nacht´s im Dunkeln. Sie und noch andere, die ich aber nicht kenne, tanzen mit meinem Frauchen immer Montagabends in einem Keller.
Unter Anleitung einer Tanzlehrerin, du fragst allen Ernstes, warum die in einem Keller tanzen.
Was für eine Frage. Damit man sie nicht sieht, die Truppe.

Das war gemein? Findest Du? Heutzutage darf man seine Meinung nicht kundtun, ohne einen Rüffel zu bekommen.
Laufe den Ankömmlingen  entgegen, um meine Streichel- einheiten abzuholen. Elke, die Frau Lehrerin, krault mich am besten. Hinter den Ohren und am Rücken. Aber zärtlich, nicht so grob wie es oft Kleinkinder machen.

Daher gehe ich Kleinkindern aus dem Weg, wenn es geht.

Ein großes Hallo und ich mitten drin. Wer versteckt sich hinter seiner Oma Erika? Tim komm her, habe dich schon gesehen. Wolltest mich erschrecken? Nicht´s da, da musst du früher aufstehen mein Junge. Du hast einen tollen Ball, komm lass uns spielen.

Laufe mich erst einmal warm. Einige schnelle Runden im Kreis, ohne Ball, einige Haken schlagen, dann lege ich mich ins Gras und warte auf den Ball, der auch prompt geflogen kommt.

Schnelle hoch, ein kurzer Antritt. Hab ihn. Leichtigkeit, warte nichts tut sich. Tim versucht sich heranzuschleichen, nicht aber mit mir. Passe auf, dabei habe ich Wolfgang übersehen, der sich hinterhältig leise nähert. Abgelenkt von Michel und Georg, die beide mit den Händen wackeln, bemerke ich zu spät, wie Wolfgang den Ball sich greift. Er versucht es zumindest.

Es bleibt bei dem Versuch, noch bin ich schneller. Sprinte los, Richtung Frauchen, den Ball im Mund. Ich habe den Ball, Wolfgang zwei grüne Knie auf seiner hellen Hose. Das kommt davon, wenn man ausrutscht und im Gras hinfällt. Alle finden das lustig, nur eine nicht. Erika! Die verdreht die Augen und wendet sich ab. Tim lacht. Opa ist hingefallen...

Lege den Ball vor die Füße meines Frauchens. Statt eines anerkennenden Blickes oder sogar einem Lob, nichts.

Missmutig blickt Sie erst mich an, dann den Ball, der inzwischen sein Leben ausgehaucht hatte, im wahrsten Sinne.

Platt wie eine Flunder lag er da. Den, und zeigte auf das erbärmliche Etwas vor Ihren Füssen, den, kannst selber zurück bringen, Milou. Mist, verdammter ......

## 2. Bigfoot

Eines will ich gleich einmal klarstellen, es gibt keinen Bigfoot, auch wenn viele Leute es trotzdem noch glauben, nur weil es einmal im Fernsehen kam. Nicht alles im Fernsehen entspricht der Wahrheit, sagt mein Frauchen und die muss es ja wissen.
Wie ich gerade auf Bigfoot komme, willst du wissen? Ganz einfach.
Ein Spaziergang zeitig in der Früh, meine Gebieterin liebt es, das einmal in der Woche so zu praktizieren. Meine Wenigkeit,
liebt das regelmäßige. Aufstehen, zu einer angemessener Zeit, in aller Ruhe Frühstücken und das ausgiebig. Ein durchtrainierter Körper wie ich einen habe, benötigt das. Du verstehst mich doch, oder?
Fressen ist meine große Leidenschaft, auch wenn man es mir nicht anmerkt, da ich sehr viel laufe und jage. Jagen ist etwas übertrieben, ich spiele mit Nachbars Katze. Unser Nachbar hat nichts dagegen, er findet, seinem Katerlein schadet etwas Bewegung nicht.
Der Bigfood! Gut, dass Du mich erinnerst, ich schweife sonst ab.
Mit dem Fahrrad waren wir unterwegs, ich meine mein Frauchen, ich laufe ganz locker nebenher. Da sie keine Sprinterin ist, auch keine mehr werden wird, geht es mir gut.

Wir haben unsere Wege, die benutzen nur wenige in den Morgenstunden, das ist auch gut so. Locker laufe ich ganz entspannt neben dem Fahrrad her, wir waren schon auf dem Rückweg, da traf meine Pedalkünstlerin ausgerechnet eine Bekannte aus Ihrer Joga Gruppe. Neugierig und alles besser wissen. Eine wahre Nervensäge.
Das dauert länger, war mein erster Eindruck, also mach ich es mir bequem, lege mich ins taufrische Gras und warte.
Und tatsächlich, dann ging es los. Mein Frauchen kam kaum zu Wort, was ihr nichts ausmacht, da sie gut zuhören kann, aber
auch sie hat Grenzen. Ein verstohlener Blick von ihr zu mir, für mich ist das ein taktisches Zeichen. Springe auf und belle einmal kräftig. Die Joga Labertasch Prinzessin erschrickt, mit mir hat Sie nicht gerechnet.
„ Ist das Dein Hund? „ Ja und nein, antwortet wahrheitsgetreu meine Futtergeberin. „ Sie gehört eigentlich meinem Sohn, aber sie ist die meiste Zeit bei mir, eigentlich immer. „
„ Also gehört sie doch Dir! „ Sie zeigt mit dem Finger auf mich.
„ Was ist das für eine Rasse? Er soll mal aufstehen und herumlaufen!" Hallo Du, Prinzessin von der Joga-Erbse, ich bin eine Dame und laufe nur, wenn ich es will, nicht aber auf dein Kommando.
„ Sag schon! Ist das ein Rassehund? „ Sie beugt sich zu mir runter, darauf zeige ich Ihr meinen rechten Backenzahn, unterlegt mit leichten Knurren, das wirkt immer.
„ Huch, ist der aber bissig ! „
„ Das ist ein tibetanischer Bigfoot Jäger „ schummelt meine Fahrrad Artistin, ihrer Joga Kollegin vor.
„ Ein Bigfoot Jäger? davon habe ich schon gehört. „ man merkt genau, wie sie angestrengt nachdenkt. „ Hat nicht vor kurzem ein bekannter Bergsteiger, sein Name fällt mir jetzt nicht ein, einen solchen im Himalaya gesehen." ein Lächeln huscht über´s Gesicht meines Frauchen. „ Ja, habe ich auch gelesen „ nickte sie zustimmend.
„ Aber, wie macht er das? Der ist doch kohlrabenschwarz ! „
Wieder zeigt sie auf mich, diesmal aus sicherer Distanz.
„ Das ist ja sein Trick „, schummelt meine Süße. „ Der liegt regungslos als schwarzer Fleck im Schnee und wartet, bis ein Bigfood vorbeikommt und sich wundert, was der schwarze Fleck im Schnee macht. Neugierig wie er

nun mal ist, geht er hin und schaut nach. Schwubs, springt er auf und hat ihn schon. Hält ihn fest, bis sein Jäger kommt und das war es dann. „
Ich könnte mich kugeln vor Lachen, mein Frauchen ist eine Märchentante.

„ Keine Ahnung. Aber soviel ich weiß, haben Sie ihn nach Amerika verschickt und ihn dort ausgesetzt."
„ Ja, davon habe ich gelesen „
Auf dem Weg nach Hause wollte mein Frauchen wissen," na, was sagst Du dazu?" Leute glauben auch alles, was in der Zeitung steht oder im Fernsehen kommt.
Warum kommt in der Zeitung oder im Fernsehen nie, dass Hunde mehr Futter brauchen - besonders „ Bigfood Jäger „
Ich bin übrigens ein Labrador, ein etwas kleinerer und ganz lieber, aber genau das schätzt mein Frauchen..

## 3. Mein Schuh-Dein Schuh

Warum brauchen Frauen so viele Schuhe? Du schaust so verwundert, ja genau Dich meine ich. Ich habe den Verdacht, Du hast auch einen Schrank voll, oder auch zwei?
Ich habe keine. Ups, einen hatte ich auch, das fällt mir gerade ein, den schenkte mir der Herr Doktor, als ich mich an einer Glasscherbe schnitt. Eine Woche war genug und auch nur, wenn ich unterwegs war, zu Hause brauchte ich den nicht, anders ist es bei meinen Frauchen. Kaum bei der Haustür rein, da stehen sie, die Hausschuhe. Die einen runter, die anderen an. Hausschuhe hat meine Süße drei Paar, für jede Jahreszeit. Ja,ja,ja natürlich gibt es vier Jahreszeiten, nicht bei uns. Im Sommer läuft meine Süße barfuß im Haus, so wie ich.
Das Beste ist, wir haben auch welche für Gäste. Hausschuhe natürlich, auch verschiedene.
Es gibt zwei Kategorien für mich. Die Ersten, die Geladenen oder Freunde. Und jetzt die anderen, die Zweiten. Ungebetene nenne ich sie. Die müssen an der Türe stehen bleiben, Überzieher nennt mein Frauchen die Latschen, die kommen über die Straßenschuhe. Wer keine Schuhe auszieht, der bleibt nicht lange. Mein Frauchen ist clever.

Ihr wollt wissen, wie das bei uns abläuft, wenn Freunde kommen. Das rieche ich, nicht den Besuch, sondern da kocht sie schon in der Früh. Nicht vor Wut. Nein, Du bist lustig, wie kommst Du auf solche Dinge.
Wir fangen dann schon nach dem Morgenspaziergang an zu Kochen, mein Frauchen, die arbeitet, ich überwache das alles aus sicherer Distanz. Das nennt man Arbeitsaufteilung.
Übrigens, ich sage es nur dir im Vertrauen, Sie ist eine exzellente Köchin. Das bleibt aber unter uns, sonst kommen noch mehr zu Besuch.
Wie das Ganze so abläuft, willst Du wissen? Im Prinzip einfach.

Die Gäste klingeln am Gartentor, das ist das Zeichen für mich, es meiner Köchin weiterzuleiten. Ein kurzer Beller. Meine Pflicht ist hiermit erledigt. Je nachdem, wie das Menü ausgefallen ist, lobt sie mich und streichelt mir über den Kopf. „ habe es schon gehört mein Schatz „ sagt Sie auch gelegentlich dazu.
Aber Sie kann auch anders. „ Ich habe es gehört. Oder glaubst du vielleicht ich bin schwerhörig oder taub „ Dann ist nach ihrer Ansicht etwas nicht so gelaufen in der Küche, wie sie es sich vorgestellt hat. Denkt Sie, dabei ist alles SUPER. Das sagen alle Gäste, nicht weil sie wieder kommen wollen, sondern weil es einfach stimmt. Eine Perfektionistin meine Süße.
Eine einfache Frage an Dich. Brauchst dich nicht umdrehen, genau Dich meine ich.
Warum gibt man meinem Frauchen, Blumen oder Wein, Pralinen hatten wir auch schon, die kamen meistens von älteren Damen, aber keiner bringt dem Hund was mit. Warum? Das ist diskriminierend, überdenke das, wenn Du einen Besuch abstattest und dort wohnt ein Vierbeiner, zum Beispiel ein Hund. Angekommen? Gut.
Der Besuch stampft durch unseren Garten Richtung Haustür. Braucht aber nicht nochmal zu klingeln, denn da wartet mein Frauchen schon, um mit einen großen Hallo alle zu begrüßen. Dahinter bin ich und habe schon Hausschuhe parat. Lege diese zu Füssen des Gastes und nehme dafür seine in Empfang.
Harte Arbeit, das kann ich Dir sagen, für meine Nase meine ich.
Würde ich welche davon im Garten vergraben, könnte man dort Pilze züchten. Ob die dann genießbar sind? Du kannst Fragen stellen. Glaube eher nicht.

In der Hektik kann es schon mal vorkommen, dass ich die einzelnen Paare vertausche oder die Größen verwechsle.
Macht nichts, die sind alle schon erwachsen und regeln das unter sich.

Blumen gab es diesmal wieder. Es gab schon eine Woche, da hatten wir mehr Blumen, als ein Blumenladen. Beim Wein ist das anders, der wird meistens am Abend gleich getrunken, daher traut sich keiner einen schlechten mitzubringen. Ausnahmen gibt es immer, wir hatten auch schon einen mit einer Tombola Nummer drauf. Wie lustig.
Meine Aufgabe besteht an den Abenden, wenn sich Gäste bei uns befinden, auf die Treter aufzupassen. Es ist auch schon mal vorgekommen, das man versucht hat, seine alten ausgelutschten Lederslipper gegen unsere handgefertigten kuschelig mollig, warme einzigartigen Hausschuhe auszutauschen.
Nichts da.
Geht gar nicht, bei mir sowieso nicht.
Bei der Rücktausch Aktion, wenn plötzlich alle aufbrechen, kam es hie und da zu Verwechslungen.
Pannen passieren nun mal, auch bei mir, aber selten.
Lach nicht.....Du da.

## 4. Wachkuscheln mit Frauchen

Soll ich, oder soll ich nicht. Stehe vor meinen Fressnapf und Wassertopf. Die Entscheidung ist schnell gefallen, der Fressnapf ist leer wie immer um diese Zeit, Wasser ist genügend da, kein Wunder der Topf ist ja auch größer. Umgekehrt sollte es sein.

Ein Blick in unseren Garten, sagt mir, es ist noch früh am Morgen und es nieselt ganz leicht. Was tun?

Mein Frauchen schlummert noch in Ihren Bett, ich höre Sie laut atmen. Nein, nein, Sie schnarcht nicht. Böse Zungen behaupten das, aber nicht ich.

Du fragst mich allen ernstes wo ich schlafe! In meinen Korb natürlich. Du hast keinen gesehen! Na weist Du, der ist gerade in der Reparatur. „ Wie lange schon?" Du kannst fragen!

Ich glaube es hat aufgehört zu regnen.

Ich lenke ab! Wer sagt das? Du bist aber hartnäckig. Also gut, ich lege mein müdes Haupt ins Wohnzimmer.

„ Wohin?" Man, kannst Du nerven. Auf´s Sofa. Zufrieden jetzt?

„ Und Nachts?" Wie, und Nachts? Na, da schlafe ich auch.

„ Und wo?" - und wo, und wo! Na auf meiner Decke. Zufrieden jetzt? „ Wo ist die?" - wo, wo? Das ist Dein Lieblingswort?

Im Schlafzimmer liegt die Decke. Und bevor Du wieder fragst „ Wo „ im Bett. So, zufrieden? Ich kann nichts dafür, habe sie dort nicht hingelegt, das war mein liebes Frauchen.

Wir sind beide nicht die großen Helden, also beschützen wir uns gegenseitig. Was sie aber nicht weiß, ich warte immer, bis sie eingeschlafen ist, dann verzieh ich mich ins Wohnzimmer, aber nur, wenn sie schwer atmet, so wie heute.

So, genug gequatscht, jetzt gehe ich mein Frauchen „Wachkuscheln". Vorsichtig und mit Bedacht lege ich mich auf meine Decke und robbe ganz leise zu ihr . War es mein Atem oder mein knurrender Magen, Sie war sofort munter.

Oder warst Du es, mit Deinen „ Wo-Wo „ immer.

## 5. Wer ist hier ein Angsthase?

Ich habe Freunde. Ja, genau, Du hast hast richtig gehört - ich habe Freunde. Nicht viele, aber einige schon.
Wie viele hast Du? Meine reichen für eine Pfote.
„ Zähle auf !" Du meinst ich soll aufzählen, kein Problem.
Da wäre mein Frauchen, ganz wichtig, schon wegen des Essens. Paula die Mischlingsdame, Leonie, der süße Fratz und ihr Papa Franz, nicht zu verwechseln mit Franz dem Koch von Paula. Mein Franz arbeitet auch im Gastgewerbe, aber im Service. Alle Service Kräfte hören auf sein Kommando. Wichtiger Mann, er steckt mir hin und wieder etwas zu, darf meine Süße aber nicht wissen.
Wenn sie es nicht weiß, lauf ich nicht heiß. Sagt man so, oder so ähnlich.
Hast Du Zeit? Gut, dann erzähle ich Dir eine Geschichte.
Kürzlich bezeichnete mich meine Liebste, ich kann es immer noch nicht glauben, also, da sagte sie glatt zu mir. Jetzt halt dich fest." Komm her Du Angsthase". Zu mir! Unverschämt, findest du auch. Ich war nur vorsichtig, sonst nichts. Abwarten, es wird richtig gruselig. Alles begann mitten in der Nacht, es hatte stark geregnet und einen kurzen Moment hat das Dachfenster auch gerüttelt. Von Schlafen keine Spur, immer klopfte irgendjemand an unsere Fenster.
Ich war nervlich fertig, wollte gerade meinen müden Augen etwas Ruhe gönnen, da stand meine Morgenradlerin in voller Montur vor mir.
„ Auf, auf Du Schlafmütze, habe wenig Zeit, muss noch einen Kuchen backen „
„ Schlafmütze! Sie sagte tatsächlich Schlafmütze zu mir „
Ich habe kein Auge zugemacht, lag die ganze Nacht wach, Sie hat schlecht geträumt, immer wieder gesprochen und gelacht, unterbrochen von Pfeifen, und zu mir sagt sie Schlafmütze.

Bei mir geht es schnell. Die Leine geschnappt und dann, ich warte.
Mein Drahteselakrobatin ist am Putzen, wie immer. Der Sattel ist nass, na und, mach halt schneller, mein kleiner Putzteufel.
Hunger, ich habe Hunger. Wenn Du dich nicht bald in den Sattel schwingst,

streike ich. Den Weg kenne ich in und auswendig, der Morgennebel hat die Oberhand ergriffen, von den Fahrradrädern war nur die Hälfte zu erkennen. Und von mir war nur noch der Kopf zu sehen. Ist das nicht gruselig?
Verrichte meine Morgentoilette, zwischen den Büschen. Schaue meiner Radlerin nach, wie sie sich im Nebel langsam auflöst.
Hallo, holde Maid, nicht so schnell. Rufe ich ihr hinterher, unterlegt vom Knurren meines Magens. Laufe was das Zeug hält, mit leerem Magen ist das nicht so einfach. Oh Schreck, da geht sie, und ich sehe zwei rote Augen. Schlage einen Haken und verstecke mich hinter einem Baum. Abwarten, was die Augen machen. Nütze die Büsche aus und bewege mich langsam zu meiner Süßen.
„ Komm raus du Angsthase, ich habe Dich schon gesehen „
Meint die mich, ich bin entsetzt. Schaue hinter dem Baum vor, und erkenne, die roten Augen sind in Wirklichkeit die Rückleuchten von den Fahrrädern. Meine Radlerin, hatte wie immer jemand getroffen, auch sie war mit einem Drahtesel unterwegs. Das kann keiner wissen, mitten in der Nacht, bei starkem Nebel, und dann noch funkelnde rote Augen.
Ich sage Dir eins: „ Gehe nicht unausgeschlafen, hungrig und bei Nebel in der Morgenstunde spazieren.
Ist das nicht gruselig? Ich sehe wie Du zitterst.
Wer ist jetzt der Angsthase von uns beiden?

## 6. Feinste Rückenmassage

Rückenkraulen, ist was anderes als Rückenmassage.
„Zeigst Du mir mal Deine Hände? „ Du darfst mir nachher den Rücken kraulen, für eine Massage sind sie etwas zu grob, aber gepflegt. Alle Achtung.
Was machst Du bei uns, und wer hat Dich reingelassen?
Du bist der Gärtner? „Nein" Landschafts Designer ! sagst Du..
Ich nenne Dich Heckenstutzer. Du trägst Handschuhe! Deshalb so saubere Hände. Cleverer Bursche, muss ich schon sagen.
Habe Dich gar nicht kommen gehört. Ich war mit Fressen beschäftigt sagst Du!
Stimmt, ein kleiner Imbiss zwischendurch muss auch mal sein. Warum schneidest du nichts? Pause! Du machst jetzt schon Pause?
Und mein Frauchen bringt Dir eine Tasse Café. Wieso? Wenn Sie bei mir auch so schnell wäre die Gute. Und Kuchen auch, geht´s noch, hallo, wieso Er? Und ich muss immer betteln.
Nein, ich bin Dir nicht neidisch. Kann ich ein kleines Stück haben? Nur ein kleines, wenn sie gerade nicht herschaut. Ok?

So ein kleines wiederum auch nicht, kann schon größer sein.
Wenn Du schnell bist, und sie schön bittest, bringt Sie Dir sicher noch ein Stück. Sag ihr ein Großes!
Nein! Wieso nein? Du bist satt? Und ich ?
„ Milou. komm rein ins Haus. Lass den Gartenpfleger seine Arbeit tun. Halt nicht alle auf „
Ist noch ein zweiter da? Ein Gartenpfleger, wo steckt der? Wenn das so weitergeht kommt noch ein Unkrautzupfer, ein Gehweg- streichler, oder ein Baumumarmer. Alle mit Café und Kuchen. Kein Wunder, da kann ja für mich nichts übrig bleiben. So ein Mist.

Dabei fing alles so harmonisch an, wie fast jeden Tag. Sie drückte und knuddelte mich ganz fest, ich streckte und räkelte mich auf meiner Decke, dann stand sie auf und ging ins Bad, um sich aufzufrischen, sagt sie. Hat sie doch nicht nötig, sage ich.
Obwohl es von Woche zu Woche länger dauert die Prozedur.
Wenn sie endlich wieder kommt, stehe ich langsam auf und mache mich für meine alltägliche Massage bereit. Ein kurzer Blickkontakt, ich senke mein Haupt etwas und entspanne.
Magische Hände gleiten meinen Rücken rauf und runter. Die Nackenmuskeln etwas fester, die Schulterblätter intensiver, dann geht es weiter jeder Fuß einzeln und zum Schluss vorne an der Brust etwas kraulen. Fertig ist die tägliche Massage.
Du schaust so fragend! Hättest wohl auch gerne so eine Massage
Nur Brave, bekommen so etwas. Nicht, das Du nicht brav bist, das will ich Dir nicht unterstellen, aber so ist das Leben halt.
Entschuldige mich kurz, muss mal schauen was die Gartenzwerge so anstellen.
Die Haustür ist natürlich zu, ein Blick durchs Fenster tut´s auch.
Da schau her! Jetzt trinkt er Bier und beißt in ein Wurstbrot.
Und was macht meine Süße? Die hebt den Grünschnitt auf!
Ich sollte ins Wurstbrot beißen, Er sollte den Grünschnitt aufsammeln.
Wurstbrot, Wurstbrot, Wurstbrot, hallo hört mich denn keiner.

7. Unwetter mit Hagel

Der Himmel schaut aber heute komisch aus, sagte mein Frauchen zu einer der vielen Bekannten, die wir tagtäglich treffen. Er leuchtet so gelb-schwarz. War die lapidare Antwort von Gabi aus der Englisch Gruppe, die neben Tanzen und Joga und Schwimmen, meine Süße auch noch angefangen hat.
Das Fahrrad steht heute ausnahmsweise zu Hause, wenn wir noch trocken unsere Wohnung erreichen wollen, wäre jetzt ein Sprint angesagt. Gewöhnlich brauchen wir so zehn Minuten, wenn , ja wenn die Meine ihr Rad dabei hätte, hat sie aber nicht, also rechne ich mit mehr als dem Doppelten.
Du fragst mich wann das war? Warum? Es war ein Abendspaziergang. Der Tag ist nicht wichtig, aber ich glaube es war ein Dienstag. Hi hi, bist Du etwa nass geworden? Da waren wir klüger. Gabi hat uns mit ihrem Vehikel nach Hause gefahren, als Auto kann man das Fahrzeug ja nicht nennen. Trotzdem musste ich bei der Fahrt, die Gott sei Dank nicht lange dauerte, vorne im Fußraum liegen, die Rückbank war mit ihrem Abendeinkauf belegt. Verabschiedung noch im Auto, Tür auf, und wir sprinten los. Ich war schneller, denn meine Süße fand natürlich wieder Ihre Schlüssel nicht.
Wir hatten gerade die Tür hinter uns geschlossen, da ging es draußen auch schon los.

„ Der Wind, der Wind das himmlische Kind „ frohlockte meine Mitbewohnerin, froh darüber, dass wir uns im Trockenen befanden.
Es ist dunkel geworden im ganzen Haus, das änderte sich schlagartig. Denn kaum hatte ich mich zu meinen Futternapf begeben, war wie immer leer, nicht´s Neues für mich, da wurde es taghell, gefolgt von einem gewaltigen Donner.

Essen gestrichen, ab unter die Couch.

Wieder ein Blitz! Von wegen, diesmal war es Meine, die immer mein Essen vergisst, sie stand da mit ihrem Photoapparat, ein etwas älteres Modell und photographierte mich, wie ich unter Couch hervorschaue. Daher der Blitz, der kam von ihrem Apparat.
Die Rache kommt sofort. Wieder ein Blitz und kurz darauf ein Donner, einer von der lauten Art. Jetzt ist meine Süße auch erschrocken, fast wäre ihr der Photoapparat aus ihren zarten Händen gefallen. Draußen stürmt es, die ersten dicken Regentropfen prasseln gegen die Fensterscheiben. Ein Blitz ein Donner, gefolgt von einem Blitz und Donner, so geht es mindestens eine halbe Stunde, wenn nicht länger. Ziehe mich noch weiter zurück, bis ich an der Wand anstoße, sehe nur noch die Hausschuhe von meiner Mitbewohnerin, die am Fenster steht und rausschaut. Frauen können so neugierig sein, behauptest Du? Kann ich nur zum Teil unterstützen, bin selbst eine Dame. Ich bin nicht neugierig! Du lachst, was gibt´s da zu lachen? Das musst Du mir nachher in Ruhe erzählen, Deine Version von Neugier.
Mache meine Süße aufmerksam, sie soll doch zu mir unter Couch kommen, und endlich vom Fenster weggehen . Aber nein, was macht sie, sie jammert.
„ Mein Auto-mein Auto „
Pech gehabt, meine Liebe, die alte Rostlaube ist jetzt ein Käseauto . „ Der Garten, mein Gott der Garten „ jammert sie jetzt weiter. Hör auf, und komm runter zu mir unter die Couch, da ist es kuschelig. Komm endlich.
Das Gewitter kommt zurück, es donnert und blitzt und was macht Meine, die läuft von einem Fenster zum anderen.
Du fragst mich warum Sie nicht zu mir unter Couch gekommen ist?
Das bleibt aber unter uns. Versprochen!!
Ihr Hintern ist zu dick.

8. Der Philosoph

Mein Frauchen nennt den Mann so," der Philosoph „„ ich nenne ihn Dummkopf.
Sagt man nicht, sagst Du, kannst ja recht haben, aber die Tatsache spricht eindeutig für mich, dass ich recht habe.
Alles begann wie immer mit einem langen, langen Spaziergang.
Wir treffen immer so viele Bekannte, das wollte meine Liebe heute nicht, deshalb musste eine neue Strecke her.
Eine neue Strecke war es natürlich nicht, aber wir sind sie schon lange nicht mehr gelaufen, es gab vor einiger Zeit einen Vorfall mit einem älteren Mann. Dazu später mehr.
Irgendetwas ist bei meiner Süßen heute schief gelaufen, das war mein erster Eindruck, kurz bevor wir losgingen.
„Hatte sie schlecht geschlafen? Fragst Du ? Oder passt das Wetter nicht? Du kannst aber Fragen stellen.
Alles war super, ich habe gut geschlafen, das Wetter finde ich auch gut. Nicht zu heiß und nicht zu kühl, gerade recht, leichter Wind von Süd-Osten.
Das Frühstück hätte ausreichender sein können. Halt wie immer knapp bemessen. Fast alles super.
Ob meine Süße gut geschlafen hat, willst Du wissen? Ich habe keine Ahnung. Ich, in meinem Traum, lag auf einer Wiese mit vielen saftigen Knochen.
Was mein Frauchen geträumt hat, oder ob sie überhaupt etwas erlebt hat, das entzieht sich meiner Kenntnis. Aber sie hat lange ferngesehen, eine Liebesschnulze, das war mir mit der Zeit zu anstrengend, meine Süße hat immer aufgeschluchzt und mich dabei an sich gedrückt.
Einige male blieb mir die Luft weg, da habe ich eine günstige Gelegenheit ergriffen und mich verzogen. Danach kam eine Diskussion, verstanden hat, glaube ich, keiner etwas, denn alle haben immer durcheinander geredet, auch des öfteren geschrien.

Bekam alles nur am Rande mit, lag ausgestreckt auf meinem Teppich und habe versucht, den Abend ausklingen lassen. Aber sie, sie hat im Badezimmer immer noch diskutiert mit dem Spiegel über dem Wachbecken. Ein Zwiegespräch mit dem Spiegel, sah lustig aus, als ich vorbei wankte in Richtung

Schlafzimmer.

Zurück zu dem Mann, den meine Liebe, den „ Philosoph „ nennt. Hatten ihn schon ein, zweimal getroffen.

Wir waren schon eine Weile unterwegs gewesen, da sahen wir ihn direkt auf uns zukommen.

Peterle, ein ganz lieber Collie, wurde von von dem Mann an der kurzen Leine gehalten. Ich dagegen, brauche keine Leine, obwohl ich eine mitführe, trage sie aber selber, fein zusammengelegt im Mund. Das ist halt der Unterschied, ich folge meinem Frauchen. Peterle wirkte gelangweilt, der Alte Mann redete pausenlos auf ihn ein.

Das Unheil nahm seinen Lauf, als ich zu Peterle Hallo sagen wollte.

„ Nehmen Sie gefälligst Ihren Hund da weg „ brüllte er los, dabei überschlug sich seine Stimme und am Ende kam nur noch ein Krächzen heraus. Das schlimmste aber war, er zog Peterle mitsamt der Leine in die Höhe. Peterle berührte gerade noch mit seinen Hinterfüßen den Boden.

Das war für meine Süße zuviel, sie stürmte los, wild mit den Händen wedelnd. „sind Sie wahnsinnig, Sie bringen ja Ihren Hund noch um" das kann ich nur bejahen, deshalb belle ich wie verrückt, was wiederum meinem Frauchen auch nicht recht ist.

Sie schaut böse, deshalb verzieh ich mich und halte Abstand.

Peterle hatte wieder Bodenkontakt mit allen Füssen, Gott sei Dank. Der Alte aber war kaum zu beruhigen. Mit hoher Fistelstimme, erklärte er meiner „ Peterle-Lebensretterin", er habe gerade englische Gedichte seinem Hund rezitiert, bevor ich, und er bezeichnete mich als wilde Bestie, herangestürmt wäre. Das hat auch noch keiner zu mir gesagt, ich sei eine wilde Bestie.

Hallo, schau mich an. Was sagst Du? Schau ich wie eine wilde Bestie aus? Du lächelst! „ Nein „ genau, nein ist die richtige Antwort. Dafür lade ich Dich zum Essen zu mir ein. Ein anderes Mal, auch gut.

Peterle erzählte mir währenddessen, dass sein richtiges Frauchen krank zu Hause im Bett liegt, deshalb ist der Nachbar eingesprungen, um mit ihm spazieren zu gehen. Aber der labert unentwegt über englische Könige, Hofnarren, Ritter und Adelige. In einer Sprache die keiner versteht, ich wenigstens nicht, erklärte mir Peterle.

Meine Süße vielleicht schon, fiel mir ein, die macht doch einen Englischkurs. Die wird doch nicht auch mit so etwas anfangen?

Prüfender Blick rüber zu meinem Frauchen. Nein, glaub ich nicht. Besser wäre es, Sie würde das Englische aufhören und statt dessen einen Kochkurs belegen, dann hätten beide was davon. Sie und ich.
Wir gehen weiter, den Mann hören wir noch lange vor sich her schimpfen, oder er philosophiert womöglich?
Wenn Du mich fragst! Nein, Du fragst mich nicht! Wieso nicht?
Sonst hätte ich Dir von Schrauben und Tassen erzählt, die in seiner Schublade fehlen.

9. Spaziergang mit Hasi

Was ist heute los? frage ich mich und blicke vorsichtig hoch, wo bleibt denn heute mein Frauchen! Sie ist überfällig, so lange war sie schon lange nicht im Badezimmer.
Eine Frage an Dich! Wenn man älter wird, braucht man dann automatisch länger im Bad? Du sagst „Nein". Ok, ich glaube Dir. Sprichst Du aus Erfahrung? Du sagst, das ist Tatsache. Ok.
Oh mein Gott! Ich erschrecke zu Tode, wer um Himmelswillen kommt da aus dem Badezimmer.
Jogginghose, die kenn ich, aber der Rest schaut furchtbar aus.
Irgendetwas mit einer hellblauen Plastikhaube auf dem Kopf, dazu noch dick weiße Creme ins Gesicht geschmiert, nähert sich mit ausgestreckten Händen in Gummihandschuhen.
„ Hu-Hu, Ich bin der Putzteufel „
Nichts wie weg, ist mein erster Gedanke und das mache ich auch. Raus aus dem Schlafzimmer, runter die Treppe, vorbei an meinen leeren Futternapf, wie immer, rein in die Küche unter die Sitzbank. Warten, was immer auch kommen mag, und übrigens wo ist mein Frauchen?
Ich bin ein Angsthase, sagt Du. Na dich hätte ich gerne gesehen so in der Aufwachphase. Du tust mir unrecht, irgendwann erschrecke ich dich auch.
„ hallo, Milou.... Ich bin´s „
Welch eine Erleichterung die Stimme meines Frauchens wieder zu hören. Aber das Gesicht, das ich zu sehen bekam, schockte mich. Wie ist es möglich, in so kurzer Zeit so hässlich auszuschauen.
„ Hallo, das ist nur Schönheitscreme „ versicherte mir meine Süße beim Füllen des Futternapfes. Na, Mahlzeit!
Ist das alles? Schönheitskönigin. Mehr, ich will mehr, mach voll. War die Pasta so teuer, dass Du bei mir das Sparen anfängst?
Na geht doch. Danke Frauchen.

Von einem Zimmer ins andere werde ich von meinem Putzteufel gejagt. Keine Verdauungsrunde wird mir gegönnt, nicht einmal ein Nickerchen, sogar meine Spielsachen wanderten in die Badewanne, einige sogar in die Waschmaschine. Nur eines nicht, „ mein Hasi „ ein etwa dreißig Zentimeter Feldhase

der schon etwas mitgenommen daherkommt. Hatte etwas gelitten in meiner Jugendphase. Lange ist es her.
Warum lachst Du? Jugendphase findest Du lustig. Ich auch.
Warum Sie „Hasi" nicht gleich gefunden hat! Ganz einfach, ich habe ihn bei ihren Sachen versteckt, da sucht sie immer zum Schluss.
Vorsichtshalber behalte ich „Hasi" bei mir, auch wenn sie immer wieder versucht ihn mir abzuluchsen. Nicht heute, das ist mein Ziel.
Eine geschlagene Stunde später, Ich immer noch mit „Hasi" unterwegs, ist mein Putzteufel endlich fertig, im wahrsten Sinne des Wortes.
Meine Süße geht ins Bad, besser gesagt unter die Dusche, endlich Ruhe. Das war ein Wunschdenken, denn singen ist angesagt.
Du findest singen in der Dusche schön! Kannst Du singen? Oder glaubst Du nur singen zu können! Meine kann es definitiv nicht.
Warum schüttelst Du Deinen Kopf? Singen ist doch schön.
Das ist Deine Meinung, nicht meine. Ok, Du kannst mir ja später etwas vorsingen. Nicht jetzt, später sagte ich.
Alles geht einmal zu Ende, auch das Duschen. Warte geduldig auf meine frisch gewaschene Süße. Es folgt, eincremen und Haare föhnen.
Werde langsam ungeduldig, denn ich sollte raus. Melde meine Bedürfnisse an, werde aber mit einen langgezogenen Jaaa.. Moment noch vertröstet.
Frauen und ihre Klamotten, ein Thema für sich.
Ein Tipp von mir, kauft nicht so viele, dann fällt die Wahl nicht so schwer.

Ein lauter Beller meinerseits, lässt mein Frauchen plötzlich schneller machen. Geht doch.
Whow, wie sie duftet, vom Putzteufel zur Schönheitskönigin.
Was Kleider aus Menschen machen können, schon verblüffend, nicht dass es meine Süße nötig hätte, nein, sie schaut immer toll aus.
Uff, die Kurve gerade noch gekriegt.
Der Spaziergang war anstrengend, alle paar Meter traf meine Liebe entweder Freunde oder Bekannte.
Alle bewunderten meinen „ Hasi" was mit der Zeit lästig wurde. „Hasi" anschauen, schon, aber nicht streicheln.
Mann, war ich froh, als wir den Rückweg antraten. Eine kleine Einkehr in einen Biergarten, natürlich wieder mit Freunden oder waren es Bekannte, ich

blicke nicht mehr durch.

Alle mampfen und schmatzen, nur einer nicht. Na, wer glaubst Du, ist das? Meiner einer.

Ich stehe unter Dampf, richtig unter Dampf, nämlich unter Kohldampf, wenn Du weißt, was ich meine.

Würde da nicht mein Sitznachbar immer wieder etwas zu mir reichen, ganz zufällig, ich wäre mit Sicherheit heute einem Schwächefall erlegen.

Ich übertreibe, das ist nicht Dein Ernst.

Wahrheit kann so Grausam sein, frag „Hasi", der gar nichts bekommen hat, der Arme.

So, jetzt darfst Du mir was vorsingen, aber leise bitte.

10. Balletteinlage

Dass meine Allerliebste im Ballett war, habe ich Dir doch schon einmal erzählt.
Wann das war, willst Du wissen. Lass mich einmal nachdenken. Ich war noch nicht da, also im vorigen Leben.
Hundeleben, Menschenleben, was spielt das für eine Rolle.
Jeder hat so seine Leidenschaften, meine Süße das Tanzen, ich das Essen.
Und da komme ich eindeutig zu kurz. Nicht dass ich hungern muss, aber es reicht gerade so. Würde ich nicht hie und da von Freunden oder Bekannten etwas extra zufällig bekommen, ich wäre definitiv unterernährt.
Das stimmt nicht! Wie willst Du das wissen? Schau mich an, kein Gramm Fett an mir, etwas weniger und meine Rippen wären zu sehen, oder gar raus stehen. Grauenhafter Gedanke.
Ich schwimme gerne, das liegt in meiner Natur, daher wäre etwas Fett ganz hilfreich, denn Fett schwimmt bekanntlich oben.
Du schüttelst Deinen Kopf, ok, man kann es so sehen oder so wie ich.
Zurück zu meiner Süßen.
Ein ganz normaler Tag, der harmonisch begann und in einem Desaster endete.
Ich wäre schuld gewesen, das ist aber nicht dein Ernst? Was hat Dir meine Tänzerin erzählt? So so, und das glaubst Du?
Jetzt erzähle ich Dir meine Version, die einzig Wahre und Richtige. Dann halt dich mal fest.
Frühmorgens der erste Sonnenstrahl hatte gerade den Morgentau weg geküsst, ein kleiner bunter Vogel trällerte sein Lieblingslied, sanfter Wind streichelte die Bäume, als ich mich von einer traumlosen Nacht langsam streckte und räkelte.
Ich soll nicht so geschwollen daherreden sondern auf dem Punkt kommen. Ganz wie Du willst. Werde unsanft vom schlürfenden Geräusch meiner Tänzerin geweckt, der erste Blick geht zum Fressnapf.
Na, was glaubst Du was ich sehe? Nichts, weniger als nichts, gar nichts.
Ist die Geschichte in Deinen Augen besser so?
Ich wollte Dich vorsichtig auf das Ereignis vorbereiten, denn das Brutale

kommt erst. Aber das wolltest Du nicht, also keine Vorwürfe.
Also wie ging es weiter. Ja genau so.
Sehe noch wie sie in die Küche verschwindet, schlürfend, wie gesagt und schaltet als allererstes die Kaffeemaschine ein. Dann holt sie sonst immer mein Fressen, aus dem obersten Fach des Besenschrankes. Heute nicht? Sie ist noch im Träumeland denke ich bei mir, deshalb schiebe ich den Napf etwas nach vorne.
Das ist nicht wahr, was Du behauptest, der Napf lag in Mitte der Tür. Das sagt sie, aber die Wahrheit schaut anders aus.
Er lag in der Nähe der Tür, das gebe ich zu, auch dass ich aus Versehen den Wassernapf streifte und etwas Wasser verschüttete.
Etwas, das betone ich ausdrücklich.
Nicht den Kopf schütteln, es ist die Wahrheit. Und was macht meine Tänzerin? Bringt mir Wasser an Stelle vom leckeren Trockenfutter. Hallo, Geht's noch.
Und was ich gar nicht mag, ist, wenn der Wassernapf so voll ist. Randvoll war er. Schiebe meinen Futternapf der immer noch leer war etwas weiter, noch bin ich nicht in der Mitte der Tür, so wie sie behauptet, aber streife aus Versehen den übervollen Wassernapf, wieder schwappt Wasser rüber, aber dafür kann ich nichts, hätte sie in nicht so voll gemacht. Das siehst Du genau so? Nein, das ist nicht Dein Ernst. Ok, ich sehe Du hast dich mit der Tänzerin verbündet.
Knurrend stehe ich da und verstehe die Welt nicht, daher schiebe ich den Napf weiter.
Ok, er liegt jetzt schon ziemlich mittig der Tür das Wasser läuft hinterher. Was soll es sonst auch machen.
Bellen hätte ich nicht sollen, denn das schätzt meine
Kaffee schlürfende in ihrem Morgenoutfit noch befindende Mitbewohnerin gar nicht. Stellt Ihre Tasse ab.
Ja, ja sagt sie noch, macht einen Schritt zu viel und zwar ins Wasser.
Der linke Fuß bewegt sich unkontrolliert nach vorne, während der rechte einfach stehen bleibt. Das soll vorkommen, hab ich schon einmal gesehen bei einer Turnveranstaltung, man nennt das einen Spagat. Der Artist sprang in die Höhe und landete mit ausgestreckten Beinen eines vorne, das andere hinten auf dem Boden. Bei meiner Tänzerin sah das anders aus, obwohl das

Ergebnis so ähnlich war, nur der Künstler schrie nicht, meine schon. Die Handhaltung war auch nicht gleich, daher Abzug bei der B-Note.

Das Wasser verschwindet im Hosenboden, denn meine Springmaus kann nicht gleich aufstehen. Also, kein Wasser keine Schuld. So sehe ich das.

Die Spaziergänge waren in den nächsten Tagen kürzer und wesentlich langsamer, denn meine Zuckermaus hatte einen riesigen blauen Fleck am Bein, der sich täglich veränderte.

Schwarz fand ich ihn am Schönsten, grün war auch nicht schlecht.

Was sich an der Essensmenge verändert hat?

NICHTS..

# 11. Pralinen

Kleine Geschenke erhalten die Freundschaft, und große?
Das frage ich Dich. Wie immer schüttelst Du den Kopf, Du bist keine große Hilfe.
Höre zu und lerne, am Ende wirst Du eine Lösung finden.
An diesen Tag hatten wir Gäste, die Tänzerinnen kamen zu einen kleinen Umtrunk vorbei, weil ja meine Ballerina wegen des kleinen Missgeschickes, einige Tage zuvor, nicht tanzen konnte. Jedem zeigte sie die Verletzung und den in allen Farben des Orients befindenden Fuß. Alle blickten mich böse an, obwohl ich ihnen noch kurz vorher Hausschuhe gebracht hatte.
Mir haben sie nichts mitgebracht, aber meiner Süßen. Blumen und eine riesig große Schachtel, eingepackt mit einer großen Schleife. Ich habe mich inzwischen mit meiner Liebsten wieder versöhnt, ging ganz einfach. Winselte immer wenn sie mich anschaute und blickte ganz traurig drein. Schon war alles geregelt. Futter gab es deswegen auch nicht mehr.

Wolfgang, der in seiner Freizeit ein Taxi fährt, hatte die Tanzmäuse her chauffiert. Erika meine Glitzer- Elfe war für die Schleife zuständig, bunt, groß und glitzernd.
Wolfgang ergriff die Gelegenheit, sich nach einer Tasse Kaffee höflich aber bestimmt zu entschuldigen; er habe noch eine wichtige Fuhre zu erledigen. Er versprach pünktlich zu kommen, um die Damen wieder zu Hause abzuliefern. Gerne wäre ich mit ihm mitgefahren, aber als Navigator tauge ich nicht viel, sagt meine Ballerina. Na, auf einen Versuch würde ich es ankommen lassen.
Es ist mir zu laut, denn alle reden wild durcheinander, also gehe ich einen Stock höher ins Badezimmer, dort ist es angenehm kühl auf den Fließen.

Musik die von unten zu mir vordrang, machte mich so schläfrig, also versank ich in einen Dämmerschlaf. Sage ich Dir im Vertrauen, meine Süße behauptet ich hätte fest und tief geschlafen und geschnarcht. Da steht Aussage gegen Aussage.
Bei uns könnte man einbrechen, behauptet meine Mitbewohnerin. Hallo, ist denn bei uns schon eingebrochen worden! Nein, noch nie, und warum? Na darum, ich bin ja da. Das laute Atmen, so bezeichne ich den Ausdruck Schnarchen, schreckt bekanntlich jeden ab. Der Einbrecher weiß ja nicht, ob nicht noch einer da ist. Die Logik verstehst Du nicht.
Dann pass mal auf. Im Vertrauen gesagt, wir haben am Tor ein Schild mit der Aufschrift „ Vorsicht vor den Hunden „
„ Hunden „ ist das Lösungswort. Es könnte ja einer schlafen, der andere hält Wache. Warum wir ein falsches Schild haben? Das war billiger. Clever mein Frauchen.
Mein Frauchen kommt, ich verlasse das Badezimmer, Vorwürfe genug für einen Tag. Schleppe mich einen Stock tiefer zu einem kleinen Mitternachtssnack. Zwei, oder drei Bissen, alles war weg, mein Hunger aber noch da. Bleibt mir nichts anderes übrig, ich muss meine stillen Reversen angreifen. So, das war´s, alles verputzt. Stille Nacht, nur mein Magen kracht, könnte ein Schlager für die Hitparade sein. Warum ist da noch keiner drauf gekommen.
Der Morgen kommt, aber mein Hunger bleibt. Was tun? Meine Süße schläft noch fest und tief, das höre ich, auch Sie atmet laut. Ich wecke sie nicht, nicht nach dem Anpfiff gestern. Kücheninspektion. Die große Schachtel auf dem Tisch hat eine magische Anziehungskraft. Liegt ganz nahe am Rand und auch

noch offen. Könnte man ja mal kontrollieren. Eine Pfote auf den Stuhl, die andere kippt die Schachtel. Nur Kontrolle.

Mist, damit habe ich nicht gerechnet. Alles fällt auf dem Boden. Nichts wie weg. Ich war´s nicht. ich war´s nicht, rede ich mir ein und verstecke mich erst einmal unter dem Sofa. Sicherheitsmaßnahme. Warte..... alles bleibt ruhig. Guten Schlaf hat sie heute.
Zurück in die Küche, alles begutachten. Kleine dunkelbraune Klötze liegen verstreut auf dem Boden, drei sind aufgebrochen und ein Saft rinnt raus. Ok, die drei müssen weg, den Rest lasse ich liegen. Erst waren es die drei, dann der Rest. Die letzten zwei waren in einem roten Papier verpackt, da war mir schon alles egal. Irgendwie war alles leicht, nur die Beine wollten nicht so, wie ich wollte. Juhu, ich kann auch einen Spagat, aber mit allen Beinen gleichzeitig. Das ist toll, das zeige ich nachher meiner Süßen.
Das hatte sich erledigt, den sie stand plötzlich neben mir. Kann die leise gehen. Ich dagegen nicht mehr.
Als Belohnung, weil ich den doppelten Spagat kann, werde ich zum Auto getragen, warum sie pausenlos meckert, kann ich nicht nachvollziehen. War doch schön der doppelte Spagat und gleich zweimal hintereinander.
Die Fahrt im Auto genieße ich, wohin es geht? Eine Überraschung. Vielleicht an einen See zum Schwimmen, das wäre super. Ich fühle mich so leicht und beschwingt, nur die Musik im Auto stört.
Die Realität, sah leider anders aus. Wir landeten beim Doktor, bei meinen. Ein lieber Kerl, aber irgendwie sehe ich ihn heute nicht richtig. Das Licht im Raum, ja genau, das wird es sein.
„stellen Sie sie daher" ich erkenne einen leichten süffisanten Unterton. Meine Süße stellt mich neben den Schrank da lehne ich mich an, damit ich nicht umfalle. Ausgetrickst, damit habt Ihr nicht gerechnet. Diagnose: der Hund ist betrunken. Viel trinken und einen langen, langen Ausnüchterungsspaziergang.
Am nächsten Tag hatte ich leichte Kopfschmerzen. Die gingen aber schnell weg, nach einem ausgiebigen Mahl.
Ich habe Dich am Anfang gefragt, ob Du den Unterschied weißt, zwischen großen und kleinen Geschenken.
Kleine Geschenke erhalten die Freundschaft, große dagegen bereiten Kopfschmerzen.

12a. Fliegen

Ich merke, Du bist heute nicht ganz bei der Sache. Wenn ich sage Fliegen, dann meine ich nicht die große Blechbüchse wo schwitzende Touristen sitzen, hoch am Himmel, die weg wollen, weil Sie glauben, woanders ist es schöner, sondern die kleinen Viecher die echt nervig sein können hier bei uns am Boden, oder in den Büschen.
Heute brauchst Du gute Nerven, denn es wird echt dramatisch.
Lange Spaziergänge hat der Doktor mir aufgebrummt bei meinen Besuch vor einigen Tagen. Das rote Papier kam auch wieder zum Vorschein, war aber nicht mehr zu gebrauchen.
Es war ein sehr heißer Tag. Unser Spaziergang führte an einem Bach vorbei, als ich ein wenig Durst verspürte, denn nach dem kargen Mahl mittags hatte ich zu wenig getrunken. An einer Biegung, die der Bach gezwungenermaßen machen musste, ging es flach hinein. Gerade richtig für meine Tänzerin, hier konnte Sie Ihr lädiertes Bein etwas kühlen. Erst nur bis zum Knöchel, es war ihr am Anfang etwas zu kühl, dann wurden vorsichtig die Hosenbeine hochgekrempelt, und es ging weiter in den Bach hinein. Hoffentlich rutscht sie nicht aus, aber alles ging gut. Vorsichtig stelzt sie zurück, macht Grimassen als wurde sie auf glühenden Kohlen gehen. Ich trinke ausgiebig, anschließend ein kleines Bad. Ich kann schwimmen, aber heute habe ich keine große Lust darauf. Stehe nur da und genieße das kühle Nass, wie es meinen wohlgeformten Körper umschmeichelt.
Warum lachst Du? Ich sage nur eins, schau mich an, dann Dich.
Jetzt lachst Du nicht mehr. Freunde? Ok, wir sind wieder Freunde.

Ein kleines Stück Wurst entdecke ich halb im Wasser halb unter einem Farnblatt. Es ruft mir förmlich zu „ friss mich-hohl mich"
Ok, wenn es so bettelt, dann befreie ich dich von deinem Dasein.
Ein prüfender Blick zu meiner, mit ihrer Hose noch beschäftigten Tänzerin, alles klar die Luft ist rein, vorsichtig mit meiner Pfote versuche ich das Objekt meiner Begierde zu bewegen, aber leider klappt es nicht ganz. Erst beim dritten Versuch, es wäre mir beinahe weggeschwommen, konnte ich ihm habhaft werden. Ein Biss, weg ist es, das kleine Würstchen. Schmeckt komisch, lag zulange im Wasser. Egal, weg ist weg.

Meine Tänzerin ist endlich fertig, wir können weiter. Langsam nur, was mir auch recht ist, denn irgendwie habe ich plötzlich Bauchschmerzen. Gehe etwas in die Wiese rein, da passiert es auch schon, ich erbreche. Würge das Würstchen wieder raus, und auch etwas Blut. Meine Frauchen schreit auf, rennt zu mir und zieht mich vom erbrochenen weg.

„ Wie oft habe ich Dir schon gesagt, Du sollst nicht alles fressen was so herumliegt" Ich zittere am ganzen Körper, nicht weil mich meine Süße anpfeift, sondern ich weiß ganz genau was jetzt kommt. Vorwürfe bis zum Auto, Vorwürfe die ganze Fahrt. Ich sitze ganz hinten hinter der Rückbank auf meinem Teppich und denke bitte jetzt nicht, aber meine Bitte wurde nicht erhört. Ich erbreche mich im Auto. Nicht gut, weder für mich, noch für die Fahrerin, die schaut zu mir zurück statt auf die Straße. Ein Quietschen ein Hupkonzert, aber kein Krachen. Gott sei Dank, die anderen haben aufgepasst. Unfallfrei kamen wir zu Hause an, nur meine Ohren schmerzten, von dem vielen Vorwürfen. Raus aus dem Auto. so schnell ich nur kann, den was vorne funktioniert, geht hinten auch. Schon passiert. Bekomme einen Schüttelkrampf. Werde in den Garten verfrachtet, meine Putzfee bewaffnet mit Eimer, Schrubber und Tücher geht zurück zum Fahrzeug. Spuren beseitigen.

Ein Passant beschwert sich über den Zustand auf dem Gehweg.
Ein weiterer der dazu kommt, rutscht natürlich aus, was den Ersten zum Lachen bringt, hätte er lieber nicht getan, denn das erzürnt den anderen um so mehr und sie fangen zum Ringen an. Das Fazit, beide lagen jetzt auf dem Gehsteig. Nur mit Mühe, konnte meine Bessere Hälfte die Streithähne trennen und ihnen versprechen, die Kosten der Reinigung zu übernehmen.
Stehe am ganzen Körper noch zitternd da und schaue meiner Süßen durchs offene Gartentor zu, wie sie die Spuren auf dem Gehsteig beseitigt, nachdem sich die Streithähne verzogen hatten. Bewege mich nicht, denn ich hatte die Befürchtung, dass es gleich wieder losgeht, vorne oder hinten, da bin ich mir noch nicht schlüssig. Mit Nichtachtung geht sie an mir vorbei, in der einen Hand die Putzutensilien in der anderen das Handy am Ohr. Danke, das Sie Zeit haben, höre ich noch als sie das Haus betritt.
Oh, das bedeutet nichts Gutes. Nicht bewegen, nicht bewegen, aber alles flehen hilft nichts, ich übergebe mich. Der arme Busch wird es mir hoffentlich verzeihen. Das Zittern hat ein wenig nachgelassen, da höre ich eine mir be-

kannte Stimme.

„ Ist jemand zuhause" Mein Doktor ist es am Gartentor. Jetzt nur keinen Laut, vielleicht hört mein Putzteufel ihn auch nicht.

Heute hat mich mein Glück verlassen, natürlich hat sie ihn gehört und durchs Küchenfenster auch gesehen.

„ Da steht sie, die Übeltäterin" ein Entkommen ist sinnlos, dazu fehlen mir die Kräfte. Von Neuem und zum X-ten Mal höre ich die selben Vorwürfe, bekräftigt durch ein Nicken des Doktors.

Die Untersuchung dauert nicht lange, mein Frauchen bekommt die Medikamente, ich dagegen eine Spritze, nachdem mich meine Haushaltshilfe arglistig getäuscht hatte.

Aus Protest schlafe ich heute Nacht in meiner Hundehütte im Garten.


Habe noch viel getrunken, das spürte ich am Morgen danach.

Wieder musste der Busch daran glauben, hoffentlich geht er nicht ein, er blüht doch immer so schön.

Ein Aufschrei riss mich aus meinen morgendlichen Träumereien. Bewege mich so schnell es mir möglich ist hinaus zu meiner Mitbewohnerin. Mit offenen Mund und aufgerissenen Augen steht sie vor ihrem Auto, das innen bevölkert ist von hunderten, nein von aberhunderten Fliegen. Ganze Völkerstämme saßen dort wo ich gestern saß.

Jetzt haben wir ein Problem, wenn die alle mitwollen, brauchen wir ein größeres Auto.

Ps. Die Reinigungskosten der beiden Streithähne übernahm übrigens meine Versicherung.

## 12b. Tagesausflug

Nach den Strapazen der letzten Tage haben wir uns einen kleinen Ausflug verdient. Das Auto frisch gereinigt, die letzten Fliegen haben das Weite gesucht, denn mein Putzteufel hat einen starken Reiniger verwendet. Nicht als Belohnung, sondern weil der alte Teppich nicht mehr zu retten war, lag jetzt ein Neuer da. Nur für mich alleine, für meinen Luxuskörper, meinen wohlgeformten. Da gibt es nicht´s zu lachen. Lächeln schon. Wir sind doch Freunde, deshalb vergebe ich Dir. Höre zu! Heute kannst Du dich ganz entspannen.

Auto fahren will gelernt sein, mein Frauchen übt noch, nicht das Du mich falsch verstehst, Sie kann es. Behauptet Sie jedenfalls. Das ewige Hupen, der anderen nervt mit der Zeit doch schon. Liegt wohl in der Natur der Tanzmäuse, dass sie von der Musik abgelenkt werden.

Wir haben ja Zeit, und erreichen das Ziel, dass sich meine Tanzmaus ausgesucht hatte, deshalb auch etwas später als gedacht, wo die anderen schon ungeduldig warten.

Wird das ein Betriebsausflug? Oh mein Gott.

Bekomme so beiläufig mit, es soll auf eine Berghütte gehen, dort gibt es dann was zu essen. Für wen jetzt? Für alle, etwa auch für mich? Meine Süße hat für mich nichts mit, wie immer.

Zur Einstimmung trinken alle erstmals ein Glas Proseco. Erika hatte eine Flasche mitgebracht und Pappbecher. Das kann ja heiter werden und das wurde es auch. Die leere Flasche und die Pappbecher werden wieder in Erikas Auto verstaut, was in so ein kleines Auto reingeht, ist erstaunlich.

Schuhe werden gewechselt, warum wurde mir später klar. Brauche ich nicht, bin immer gut zu Fuß.

Aufgeht es Mädels. Sagt meine Wald und Wiesen Schnecke, als Letzte kommen aber als erste los stiefeln.

Komisch, aber alle folgen. Wer kennt den Weg? Meine natürlich, war schon einmal da, sagt sie, wann frage ich mich. Ich kann mich an nichts erinnern, und mein Gedächtnis ist phänomenal. Behaupte ich, mein Frauchen ist da anderer Meinung. So scheiden sich die Geister. Der eine sagt so, der andere so. Der Anfang ist nicht schwer, erst geht es nur leicht bergauf, an einer duftenden Wiese vorbei, aber die ersten schnaufen schon, wie, ich sage es nur ungern, na wie alte Dampfmaschinen. Dabei sind wir nicht einmal eine halbe Stunde gegangen. Pause.

Wenn das so weitergeht, dann Prost Mahlzeit. Übrigens Mahlzeit, leichter Hunger stellt sich bei mir schon ein. Die Sonne scheint unerbärmlich auf uns herab, deshalb sind meine Mädels etwas schlapp oder war der Prosecco schuld?

„ Noch eine Biegung, dann kommt der Weg in den Wald „ muntert meine Wald und Wiesen Schnecke ihre Tänzerinnen auf. Nicht die nächste sondern die übernächste Biegung, erst da ging es in den Wald hinein. Nur zu dem Thema, ich weiß wo es hingeht. Aber dort war es angenehm kühl. Pause. Wieder mussten einige durch schnaufen. Wenn das so weitergeht, kann es sein, das uns der Wintereinbruch überholt.

Im Wald ist Leinenpflicht, das weiß ich, denn die Förster sind da sehr genau. Bei mir brauchen sie keine Angst haben, Fischer dagegen schon. Bin ein Schwimmer kein Jäger.

Einige hatten die falschen Schuhe, oder sie waren nicht eingelaufen. Pflaster musste her, eine hatte sich eine Blase gelaufen, die Arme. Noch langsamer geht es gar nicht mehr. Wären da nicht am Wegesrand immer wieder kleine und große Pilze, an dehnen ich riechen kann, ich würde einschlafen. Aber eines hält mich wach, das Knurren im Magen.

So wird das nichts. Das Kommando übernehme ich jetzt.

Leine gespannt und angezogen, vorher wurde noch eifrig gesprochen, plötzlich nicht mehr.

Es wird zügig gegangen, war ich es oder der Blick auf das Lokal, das plötzlich in Blicknähe war.

Du meinst das Lokal. Ok, da gebe ich Dir einmal ausnahmsweise Recht.

Sieh an, sieh an, die Frauen können doch stramm marschieren.

Ohne Atem aber mit einem Strahlen im Gesicht erreichen alle wohlbehalten die Almhütte. Es duftet herrlich nach frisch gebratenem Speck, ganz abgesehen von dem Schweinebraten, der am Nebentisch gerade gereicht wurde. „ Wer bekommt die Aufschnittplatte „ Ich, ich belle ich laut los, zur Freude der Almhirten, die Pause machten.

„ Nichts da „ faucht mich meine besser Hälfte an. „ ein Tag Diät schadet Dir nichts"

Hallo, jetzt schlägt's dreizehn. Die anderen bestellen, als hätten sie drei Tage nichts zu Essen gehabt und ich soll nichts bekommen. Trick siebzehn, andere Freunde suchen. Schon gefunden. Die Almleute haben halt ihr Herz am richtigen Fleck, zufällig fällt was runter und noch was und noch was.

Lasse mich streicheln und kraulen und wenn gerade meine Holde nicht herschaut, schlage ich zu. Noch ein Bissen von dem köstlichen Braten, das Gewürz ist lecker. Es stellte sich später heraus, es war Knoblauch.

Die Bedienung mit ihrem bunten Kleid brachte mir frisches Wasser, das war erst lecker. Wandern macht durstig, oder war es der Braten, egal - Schüssel leer. Nachschub kam prompt.

Da kann sich meine besser Hälfte ein Beispiel nehmen, ratz fatz ging das. Für die anderen gab es nach den Hauptspeisen auch noch Nachtisch. Runter ging es, es war schon dämmrig mit einem Waldarbeiter auf einem Pritschenwagen. Es waren alle froh, besonders die Fußkranken, also alle außer mir.

Die Heimfahrt, war, wie soll ich mich geschickt ausdrücken, sehr duftvoll. Mir brachte es böse Blicke von Frauchen ein, ihr ein Hupkonzert. Schuld war der Knoblauch, kann sein.

14. Haare färben

Wie oft gehst Du zum Frisör? So oft! Du hast Deine Haare aber schön, wie magst Du es lieber? Kurz oder lang? Stimmungsabhängig, oder je nach Jahreszeit? Ich liebe es wenn jemand flexibel ist.
Bei meiner Zuckermaus ist es anders. Sie trägt immer kurz so wie ich.
Heute kommt die Frisörin zu uns, ausnahmsweise, weil sie ein Baby bekommz und nicht mehr im Betrieb arbeitet. Zu einer anderen wollte meine Süße nicht. Da ist sie nicht flexibel.
„ stimmt nicht" das ist Deine Meinung.
Ich, eine Schönheit an sich, braucht keinen Frisör. Außer bei einer Ausstellung, wo wir logischerweise nicht hingehen, die anderen wären chancenlos.
Was gibt es da zu lachen? Für uns gibt es wenigstens Ausstellungen. Doch für Menschen habe ich auch schon einmal eine gesehen. Die hatten kleine Köpfe, viele Muskeln waren ölig braun, grinsten und verdrehten Ihren Körper immer so komisch.
„ Du vergisst Modeschauen"
Ja, ja, darauf habe ich gewartet, dass Du mit dem Argument kommst. Abgemagerte, fast skeletthafte Mädchen in Klamotten, die sich keiner leisten kann, außer wohlhabende reiche Damen, die darin ausschauen wie in eine Wurstpelle gepresst.
Verdrehe nicht die Augen.
Ich entschuldige mich in aller Form bei allen Models.
Ok, auch bei den dicken Damen. Aber jetzt reicht´s.
Nachmittags, kurz vor meinen Verdauungsschläfchen, auch Schönheitsschlaf genannt, klingelte es Sturm.
Belle nur einmal kurz, mein Frauchen war schon an der Tür mit nassen Haaren. Komisch, mit nassen Haaren?

In Begleitung zweier Frauen erscheint meine Holde und zeigt auf mich.
„ am besten nicht beachten, der macht nichts „
Wie es sich rausstellte, waren es Mutter und Tochter. Beide hatten eine Tasche bei sich, die kleine Tasche mit Herzchen drauf trug das Kind und noch einen Bären mit sich.
Man kennt jemanden, der kennt auch jemanden und dessen Bekannter hat

eine gute Freundin die ist zufällig Frisörin.
Na mitbekommen. Du nickst, ist Dir also bekannt. Die Frisörin?
Nein die nicht. Ok.
Die beiden Damen gehen in die Küche, die Kleine grinst schelmisch und zwinkert mir zu.
Ersteinmal wird Kaffee getrunken, die kleine bekommt eine heiße Schokolade und ein Stück Kuchen.
Komisch, alle die zu uns kommen, werden verköstigt, nur der Mitbewohner bekommt spärlich..
„ zu trinken „ dünnes Eis, Du bewegst dich auf dünnem Eis.
Beim Essen verstehe ich keinen Spaß.
Ein Küchenstuhl wird zurecht gerückt, meine Holde nimmt Platz. Sie bekommt ein Tuch umgelegt, aus der großen Tasche werden Schere und Kämme hervorgekramt. Dasselbe macht die Kleine mit ihrem Bären. Der sitzt logischerweise auf keinem Sessel sondern am Boden neben mir.
„ Wie soll ich es machen „ fragt Frau Maria meinen nassen Spatz.
„ Kürzen und ein paar Strähnen „ Frau Maria nickt, die Kleine auch, übrigens Sie heißt Emily, der Bär Gustav.
Die beiden quatschen und quatschen, Emily singt, ich döse weg. Ein großer Fehler, wie sich später rausstellte.
Träumte vom letzten Ausflug auf der Alm, wo nette Bergbewohner mich mit allerlei Köstlichkeiten versorgten.

Ein Schrei riss mich aus meinen Dämmerzustand.
„ Wie schaut Ihr Hund aus „ schrie entsetzt Frau Maria und zeigte mit ihrem Gummihandschuh auf mich.
Jetzt erschrak ich, als sich meine besser Hälfte zu mir wendete. Springe auf und belle was das Zeug hält. Wie schaut die aus?
Grüne Paste im Gesicht und Gurkenscheiben auf den Augen, einzelne Haarbüschel mit Folie umwickelt, stehen weg wie Antennen. Mühsam entfernt meine Haushexe die Gurkenscheiben von ihren Augen.
„ Um Gotteswillen was hast Du gemacht, Emily ?"
Was kann Sie schon gemacht haben, während ich schlief! Sie hat mich gestreichelt und gekämmt.
Halte dich gut fest, was jetzt kommt, mein Freund.

Drehe mich im Kreise, kann aber nur schemenhaft das Dilemma erkennen.
Erst vor dem Spiegel erkenne ich den Schlamassel.
Emily hatte mir mit Farbe einen weißen, dicken Strich auf den Rücken gemalt.
„ Ups „ war ihre Reaktion, dann verschwand sie unter der Bank, wo sonst ich immer liege, wenn ich etwas angestellt habe.
„ Ups, ja Ups „ sehe aus wie ein Stinktier.
„ Geht das wieder raus? „ war die besorgte Frage meiner besseren Hälfte.
„ Ja, das meiste jetzt, der Rest in ein paar Tagen. „
In ein paar Tagen, seid ihr wahnsinnig, soll ich etwa so herumlaufen. Ab in den Garten, Frau Maria, meine Außerirdische grün gesichtete Antennenfrau und Emily mit Gustav, der weiß gestreift war, wie ein Streifenhörnchen.
Es kam wie es kommen musste, Gustav und ich wurden eingeseift und abgespritzt und das mehrmals.
Alles ging nicht weg bei mir, ein heller Strich blieb über.
Gustav dagegen sah wieder „ Tipi-Topi „ aus.
Bär müsste man sein.

## 15. Hundetreffen

Ja auch wir treffen uns gelegentlich, so wie ihr euch mit Freunden und Bekannten trefft.

Heute sind sechs Kollegen und Kolleginnen da mit ihren jeweiligen Frauchen oder Herrchen. Wir waren wie immer die letzten am Start. Auf einer großen Wiese die eingezäunt ist, können wir uns so richtig austoben, die Erwachsenen erteilen noch Anweisungen, die aber keinen interessieren. Aber gesagt werden sie jedesmal, eigentlich sinnlos.

Gehe erst einmal vorsichtig auf die Gruppe zu, bin etwas unsicher wegen des noch sichtbaren weißen Striches auf meinem Rücken, Emily sei Dank.

Schon geht es los, alle stürmen auf mich zu, bleiben verwundert stehen und betrachten mein Erscheinungsbild.

„ Bist Du krank „ fragte mich meine beste Freundin Pauline, eine kleine braune Mischlingsdame, die etwas einem Fuchs gleicht. Schüttle nur meinen Kopf, bin noch am Nachdenken was ich eigentlich sagen soll.

„ Auf einer frisch gestrichener Parkbank gelegen ?" fragt mich Foxi, ein braun gefleckter Cockerspaniel.

„ Dann hätte Sie doch mehr als einen Streifen „ korrigiert ihn Arko, ein stolzer Deutscher Schäferhund.

„ Ich weiß es, ich weiß es „ aufgeregt springt Struppi herum, kaum einzubremsen, so sind halt die kleinen Foxterrier.

„ Du warst auf einem Kindergeburtstag und gingst als Stinktier „

Ich strafe ihn mit einem bösen Blick, Er versteckt sich hinter Sammy, einem Berner Sennenhund. Wollte gerade zu einer Erklärung ansetzen, da brummte er leicht verlegen.

„ Sie war bei Emily „ Erstaunt blicken alle Sammy an.

„ Hat sie bei mir auch gemacht „

„Ging das durch waschen raus", war meine besorgte Frage.

„ Nein, wurde rasiert ."

„ Ich wurde auch einmal rasiert, aus Versehen, sagte man mir später „ erklärte mir Bobby der Bobtail Rüde. Schwarze Schuhcreme würde bei mir helfen, meinten einige oder einfach abwarten, irgendwann geht es schon weg. Genug geredet, jetzt ist Spielen angesagt, egal mit weißem Strich oder ohne.

Wir toben auf der Wiese, als gäbe es kein Morgen, aber was machen die Erwachsenen? Meine natürlich, hat Kuchen und Kaffee mitgebracht. Deshalb die große Tasche. Sie kann es einfach nicht lassen, alle zu verköstigen.
„ Ich finde das schön „ na klar, hätte auch nichts anderes erwartet von Dir. Kann es sein, dass Du immer zu meiner Süßen hältst? Dein Grinsen hat Dich überführt.
Wo war ich stehen geblieben, ach ja, die Erwachsenen redeten, wie immer durcheinander bei Kaffee und leckerem Kuchen, Meine war natürlich schon beim Prosecco gelandet, den hatte jemand anderer mitgebracht.
Eine halbe Stunde ist genug, meint Sammy, dem schließt sich Bobby an. Wir legen uns unter die Weide dort unten.
Ein zwei Runden noch, dann komm ich auch, denn die Sonne ist heute zu heiß und kein Wasserloch in Sicht. Nach und nach liegen wir alle vereint unter der großen Weide im Schatten.
Freunde ich muss euch was erzählen was mir vor ein paar Tagen passiert ist, fing Bobby an, und alle lauschten gespannt.
War wie immer mit meinem Frauchen spazieren, diesmal aber an einem mir unbekannten Platz. Mein Frauchen wollte Beeren pflücken.
Eine riesig große Fläche mit kleinen Wacholderbeeren, Sträuchern auch noch anderes Gestrüpp zwischendurch kleine und größere Bäume. Niemand zu sehen. Doch da, ein Mann einsam am Waldrand, in grün-brauner Montur und einem runden Hut auf. Der steht schon lange da, denke ich mir, dem wachsen schon Äste aus dem Hut.

Er winkt uns zu, mein Frauchen winkt zurück.
Entschuldigt mich kurz, reden macht durstig. Wer geht mit? Alle natürlich, einige trinken, die anderen müssen mal piseln.
Foxi rennt schnell noch eine Runde, die Geschichte hatte ihn so aufgeregt.
Sag bitte jetzt nichts, Ich verstehe Dich. Wie kann es jetzt schon aufregend sein. Du hast ja recht, aber so ein kleiner Hund ist halt sehr nervös.
Die Pause ist zu Ende, alle liegen wieder brav vor Bobby.
Stellt euch vor, begann er seine Geschichte weiter zu erzählen, ich gehe nichts ahnend zwischen den Büschen so umher, da liegt doch ein junger Mann auf dem Boden, auch einen runden Hut auf. Der liegt schon länger, aus seinem Hut sprießen nicht nur Äste, kleine wohl gemerkt, aber auch Blätter und Moos

ziert sein Haupt, waschen hätte er sich auch können, so wie der im Gesicht verschmiert ist, na wenn der nach Hause kommt, na Prost Mahlzeit. Na so was, da liegt ja noch einer, sicher sein Bruder, haben sich bestimmt verlaufen. Aufstehen, alle beide. Marsch Marsch, ich bringe euch zu euren Kumpels am Waldrand. So, so Ihr wollt nicht. Ok, na dann zeige ich euch jetzt mal meine Zähnchen, unterlegt durch ein mark- einflößendes Knurren.
„ Moment, Moment, ich muss mal schnell „  weg war Foxi.
Der kleine mach mich noch wahnsinnig. Bobby kratzt sich hinterm Ohr, und wir warten.
„Das ging aber flott „ brummte Sammy. „ habe es während dem Springen laufen lassen „ Bitte keine Details, rügte Arko gleich den kleinen Foxi.
Also weiter. Aus den zwei wurden immer mehr, mit der Zeit standen an die zehn oder fünfzehn junge Männer, alle ungewaschen im Kreise zusammen. Ich fegte zähnefletschend und bellend um die Gruppe herum. Bis alle dichtgedrängt auf einem kleinen Hügel standen.

Habe nicht bemerkt, wie Meine und der Kerl vom Waldrand sich genähert haben.
„ Nehmen Sie gefälligst Ihre wilde Bestie „ - dabei grinste er über das ganze Gesicht - an die Leine „
Er kniete sich vor mir nieder streichelte meinen Kopf.
„ gut gemacht Junge „
Stolz blicke ich hoch, in ein nicht glückliches Gesicht, aber Fröhlichkeit kehrte schnell zurück. Mein Frauchen fand jede Menge Wacholderbeeren.
An der Leine gehend, höre ich noch wie der Mann, der mich gelobt hatte, seine Kinder anpfiff, aus Strafe weil sie sich versteckt und geschlafen hatten, mussten sie jetzt laufen, aber zügig. „ Ihr wollt Soldaten sein „ brüllte er ihnen noch hinterher.
Drehe mich um und sehe sie am Waldrand verschwinden.
Keiner sagt was, alle sind beeindruckt.
Mein Vorschlag, beim nächsten Treffen erzählt ein anderer eine Geschichte.
Fanden alle super.
Was ist? eine Runde noch rennen?
„ Ja,Ja „ Foxi ist als erster weg. Wir hinterher.
Sammy und Bobby schlendern gemütlich nach.

„ Lass das junge Gemüse nur springen „

Ich habe, muss ich ehrlich zugeben, es mit einer schwarzen Schuhcreme probiert, war ein Reinfall. Meine Süße hat Schuhe geputzt, als sie fertig war, habe ich mich an diesen gerieben, die Folge war, der weiße Strich blieb, nur ich hatte schwarze Querstriche wie es die Dosen und Verpackungen haben, mal große dann wieder kleine.

Auf dem Wochenmarkt traue ich mich an keiner Kasse vorbei, nicht das die zu spinnen anfängt.

„ mit einem Strichcode auf dem Rücken „

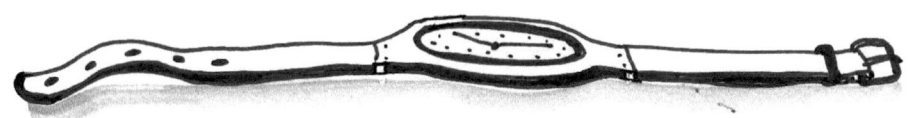

## 16. Nachbars Katze

Was macht man nicht alles aus Nächstenliebe. Nachbars Katze kennst Du?
Nein! Macht nicht´s ich erzähle es Dir trotzdem.
Übrigens wie geht es Dir? Habe gehört Du warst feiern. Na, ging es lange?
Du schaust etwas müde drein, nicht ganz ausgeschlafen? Du winkst ab, ok.
Zurück zur Nachbars Katze. Gerhard, so heißt unser Nachbar, ich nenne in Geri, einfacher für mich, Seine Katze nenne ich Mistvieh.
Das sagt man nicht? Ist aber so.
Ich lag friedlich nach einem kargen Mahl im kühlen Gras und träumte so vor mich hin. Der Wind bewegte ganz leise die Blätter im Baum, ein Vogel versuchte sich im Singen, leise surrte ein Auto vorbei. Alles könnte so friedlich und schön sein, wäre da nicht die Katze vom Nachbar. Der übrigens bei einer Tasse Kaffee und einem riesigen Stück Kuchen im Garten bei meiner Süßen saß. Er hatte etwas im Zaun ausgebessert, was genau, weiß ich nicht, im Grunde interessiert es mich nicht die Bohne. Aber meine Beste lädt halt alle zum Essen ein, auch wenn sie nur einen Ast abschneiden.
Die Katze hat keiner eingeladen, aber sie war trotzdem da. Meinen Missmut zeige ich ihr, indem ich mich zu ihr umdrehe und meinen Eckzahn ins Freie lasse, ein leises Knurren unterstreicht meinen Unmut, bleib bloß weg „Flohzirkus".
Obwohl ich keinen Blickkontakt zu meiner Mitbewohnerin habe, spüre ich ihren Blick, er trifft mich am Rücken und bohrt sich durch Mark und Bein. Es gibt so Situationen, da hat man einfach das Gefühl, man wird beobachtet, das kennst Du doch sicher auch.
„Du nickst" also ist es Dir bekannt, Okay.
Aber der zerzauste möchtegern Casanova, gibt einfach keine Ruhe, immer wieder versucht er aus sicherer Distanz mit seiner
räudigen Pfote ein kleines Stück, das ich absichtlich weggelegt habe, und zwar meinen Nachtisch, ein Sonderstück, ein Leckerbissen, ein Mundwässerer, ein...
Du weißt schon, was ich meine, ein „Highlight"
Also, dieser verfilzte, verlauste, zerzauste Nichtsnutz, sollte lieber eine Maus fangen und mein Essen in Ruhe lassen, sonst zeige ich ihm nicht nur einen Eckzahn, sondern meine ganzen „Beißerchen"

Ein vorsichtiger Blick, zu meinen mampfenden Gartenbesetzern sagt mir, alles läuft prima.

Zwischen einem Schluck Kaffee und einem Bissen Kuchen, etwas Konversation. Ein sogenanntes Päuschen unter Nachbarn.

Wäre da nicht die nervige Katze.

„ Schau mal, wie nett die beiden spielen „ sagt Geri und zeigt mit seiner Kuchengabel auf uns.

Ich mag Geri, aber jetzt hat er einen Knick in seiner Optik. Den Blick meiner Mitbewohnerin kenne ich jedoch zur genüge.

Kleine zusammengekniffene Augen, dicke Backen und zum Überfluss bewegen sich ihre Nasenflügel im Rhythmus der trommelnden Finger.

Mir bleiben nur zwei Möglichkeiten.

Die erste, die mir persönlich am besten gefiele, mit meiner rechten Pfote ausholen und ....

Das Katzendrama erspare ich dir jetzt.

Die zweite Möglichkeit, ich gebe nach, räume das Feld, was wiederum meinem Frauchen am liebsten wäre.

„ Na was glaubst Du? Wie habe ich mich entschieden? „

Des Friedens Willen, und nur weil Geri schwer in Ordnung ist, nahm ich Plan „ B „.

Eine Rolle nach rechts, schnappe mir meinen Nachtisch, stehe schnell auf, nicht dass noch Flöhe zu mir rüber wandern, und verlasse den Schauplatz erhobenen Hauptes.

## 17. Nervzwerg & Nasenbär

Es gibt Tage, da könnte ich mich richtig ärgern. Kennst Du das auch?
Bei mir dauert das nur kurz an, Gott sei Dank, spätestens bis das Futter kommt. Man will ja nicht den ganzen Tag griesgrämig umherlaufen. Aber, jetzt kommt das große Aber, der Ärger kommt schlagartig zurück, wenn ich fertig bin. Wieder zu wenig.
„ Du kannst mir einen großen Gefallen tun, wenn Du zufällig mein Frauchen triffst, und Du dich nicht wieder von ihrem Charme ablenken lässt, erkläre ihr, aber diesmal mit Nachdruck, wo mein Problem liegt! Versprochen? nicht nur Nicken, auch machen."
Dabei könnte es so schön sein. Klein Emily mit Franziska, ihrer Mutter, waren bei uns zu Besuch, die Kleine ist ein Lebensmittelvernichter. Die isst alles, na ja, fast alles, den Rest esse ich.
Und jetzt kommt das Beste! Meine Zuckermaus erzählte der kleinen Emily eine Geschichte, von einem Land wo Milch und Honig nur so fließen, und die Wurst auf Bäumen hängt, die gebratenen Hühnchen nur so durch die Luft schweben.
Es tut mir leid, ich kann nicht mehr, lass uns eine kleine Pause machen, muss kurz weg, meine Reserven vernaschen.
Manchmal könnte ich mir selber in den Hintern beißen, einige Vorräte habe ich so gut versteckt, die find ich auf die Schnelle nicht.
„ Ich soll mich nicht aufregen! Mach ich nicht, ärgere über mich selbst." Der Verdacht liegt nahe, dass mein Putzteufel sich an meinen Vorräten vergangen hat.
„Schlaraffenland" so nannte meine Hausbesetzerin das besagte Land. Kennst Du das?
Warum sagst Du ja, aber schüttelst den Kopf ?

Du kennst das Land! aber warst noch nie dort? Komisch.
Es ist eine erfundene Geschichte für Kinder! Ein Märchen?
Unter vier Augen. Man belügt doch keine kleinen Kinder ! Warum? Ihr seid erstaunt, wenn sie später auch nicht die Wahrheit sagen. Manchmal verstehe ich euch nicht.
Du lenkst mich ab, eigentlich wollte ich Dir etwas ganz anderes erzählen.

Nach einem langen, wirklich langen ausgiebigen Spaziergang mit meiner Süßen trafen wir ganz zufällig eine Freundin von mir.
Paulinchen und ihr Frauchen.
Auch sie hat dasselbe Problem wie ich. Chronische Unterernährung. Wir sollen schlank bleiben, die Ausrede der beiden Frauen. Sollen lieber selber auf Ihre Figur achten!
Dicke Beine, bekommt man nicht von zu kleinen Schuhen !
Es tut mir leid, aber es musste einmal gesagt werden.
Herumtollen zu zweit macht vielmehr Spaß als alleine, aber die Frühstückskalorien sind halt schnell aufgebraucht, daher ist Sparmodus angesagt.
Wir plauderten so ungezwungen vor uns her, das Wetter spielte mit, es war herrlich.
Das Gespräch kam wie fast immer auf Paulinchen`s Koch, der sie manchmal mit Leckereien versorgte, obwohl es ihr Frauchen ihm verboten hat, das ärgert sie, aber ihm war es egal.
Immer wieder ärgert sich jemand. Auch der Koch hatte Ärger in seiner Küche, meistens mit seinen Spülkräften.
David und Toni heißen die Unglücksraben, im Grunde nette
Kerle aber Sie haben Macken, die den Koch in den Wahnsinn treiben.
Toni, ein verkrachter Philosoph, kommt regelmäßig zu spät. Sein Dackelblick und seine aberwitzigen Erklärungen vertreiben den Ärger schnell.
„ Nasenbär „ ruft Franz der Koch des öfteren Toni, wenn es hektisch in der Küche zugeht, oder Sachen nicht findet, die direkt vor seiner Nase liegen. Er ist halt mit seinen Gedanken
ganz woanders.
David dagegen, ist überpünktlich, was Franz natürlich freut, aber jetzt kommt der Haken!
Er redet viel, viel mehr als Toni und fragt pausenlos Dinge, die momentan niemanden interessieren. Das nervt und ärgert den Koch.
Eines haben beide gleich, Essen und schlafen, schlafen, Video-Spiele, Musik und wieder schlafen, zwischendurch essen.
So und nicht anders kommen „ Spitznamen „ zustande.
Toni, der nichts findet, auch wenn es vor seiner Nase liegt.
David, der alles hinterfragt, im größten Stress, das nervt nur.
Also Nasenbär und Nervzwerg.

Wie ist dein „ Spitzname „? Sagst Du nicht! Ich auch nicht!

Wenn ich so überlege, begleitet uns der Ärger das ganze Leben, warum eigentlich?

Mein Frauchen, ist nicht nur hübsch sondern auch außergewöhnlich klug, daher ihre These, wir sind selber schuld wenn wir uns ärgern, denn meistens liegt die Ursache bei uns selber. Wie recht Sie hat, meine Süße.

PS: Alles herzlich gemeint, sagt Franz der Koch, keiner ist böse, spätestens wenn es was zum Essen gibt, sind alle wieder Freunde..

wäre ich auch.

„ Moppele komm her, hier kommt dein Futternapf „

So ein Mist, jetzt kennst du meinen „ Spitznamen „

# 18. Tür zu

Schau mich an, Ja genau, schau mich an, Siehst Du das?
Was meinst Du, Du siehst nichts? Schau genauer. Oh mein Gott, bist Du blind?
Siehst Du nicht, wie ich noch zittere.
Aha, jetzt nickst Du, bei Dir weiß ich nicht, ob Du es nur aus Gefälligkeit machst. Egal, ich glaube Dir mal. Du willst, dass ich Dir meine Geschichte erzähle, gut, aber Du brauchst gute Nerven, das sage ich Dir. Ängstlich darfst nicht sein.
Also es war folgendermaßen, vor drei Tagen hatte ich ein Missgeschick, besser gesagt mein Frauchen. Sie hat es verursacht, ich musste es ausbaden.
Du lachst, wieso lachst Du? Weil es vor drei Tagen passierte ?
Es ist unmöglich drei Tage zu zittern! Ich formuliere es anders.
Ich erschaudere immer noch, wenn ich daran denke. Besser ausgedrückt? Du stimmst mir zu, das freut mich.
Es war wie immer ein ganz normaler Vormittag, Aufstehen sich strecken und rekeln, warten auf meine Süße. Habe Zeit, dachte ich, heute nicht. Falsch gedacht.
Eine Tasse Kaffee im Stehen für sie, eine halbe Schüssel Futter für mich.
„ Ich habe jetzt nicht mehr „ war Ihr lapidare Antwort. „ Muss erst einkaufen „ sagt sie noch lächelnd hinter her.
Ich will es ihr glauben, Ausnahmsweise.
Auf geht es ins Grüne. Was ist heute los? war der Kaffee zu stark?
So flott mit dem Fahrrad unterwegs, es kommt mir fast vor, als wäre sie auf der Flucht. Ich muss mich ganz schön ranhalten.
Eine Bekannte, auch auf einem Fahrrad unterwegs, zwingt meine Sportlerin zu einem Stop.
„ Frauengespräche „ Die dauern in der Regel immer etwas länger, aber nicht heute. Es reicht gerade, meine Geschäfte zu erledigen, dann geht es wieder zügig weiter.
Verstehe die Welt und meine Sportlehrerin nicht mehr?

Laufe neben ihr her, das ewige Suchen nervt.
Es ist heute früh schon ziemlich schwül, am Himmel bilden sich auch schon

die ersten Wolken, einige helle, aber auch schon kleine dunkle. Die Luft steht, Du weißt was ich meine?
Bitte jetzt keine Erklärung von Dir, kannst mir später erzählen.
Es geht wieder zurück, na endlich, mein knurren im Magen wird etwas lauter.
Sage nur „ Halbe Portion „
Wieder Stop, eine andere Quasseltante bremst meine bessere Hälfte aus.
Diesmal hat die Bekannte keine Chance, meine Süße hat es eilig.
Ein Arztbesuch steht an, das entnehme ich aus dem kurzen Gespräch.
Ihr ist ein Stück Zahn abgebrochen gestern Nachmittag beim Torten essen.
Kirschtorte, in einer Kirsche war noch der Kern enthalten, oder sagt sie das nur so.
Ich vermute, nein ich behaupte sogar, es könnte ein Stück vom
„ Keppel-Zahn „ sein.
Kennst du die Bezeichnung „ Keppel-Zahn „ ? Du nickst, Okay.
Ich erkläre es Dir trotzdem. Meine Version.
Pass auf. Wenn jemand, in diesem Fall mein Frauchen, immer und immer mit jemandem schimpft, zum Beispiel mit mir, dabei gebe ich ihr keinen Anlass dazu, kann es passieren, so wie in diesem Fall, dass ein Stück Zahn abbricht.
Du glaubst mir nicht. Okay, Sie hat gestern auf einen Kirschenkern gebissen. Glücklich jetzt?
Aber die erste Version gefällt mir besser.
Gerade noch rechtzeitig erreichen wir unser Zuhause, da fielen die ersten Regentropfen und was für große. Immer wieder blickte Sie auf ihre Armbanduhr, ein Geschenk Ihres Sohnes zum Geburtstag oder war es Weihnachten? Egal.
Immer wieder blickt Sie drauf, klopft mit schlanken Fingern gegen das Zifferblatt und horcht auch noch dran.

Was macht mir mehr Sorgen, der Blitz der schlagartig den Raum erhellt, oder mein Magenknurren?
Der Donner erreichte uns, als ich hinter meiner Chefin sorglos ins Frei trete, Sie sprintet zur Kellertür, ich hinterher.
Du musst wissen, unser Kellereingang befindet sich im Garten und nicht, wie es sonst üblich ist, im Haus. Um nicht allzu nass zu werden, laufen wir an der Hauswand entlang.

Aber, was will sie jetzt im Keller? Ihr ist eingefallen, dass sich dort unten bei den anderen Sachen noch Futter für mich befindet. Braves Mädchen, denke ich mir, und folge artig, auch wenn der Regen immer stärker wird.
Ich fühle immer noch die Kälte und Nässe in mir, und das nach Tagen.
Schlüssel rein, Tür auf, Licht an. So sollte es sein, aber nicht bei uns. Der Schlüsselbund entgleitet Ihr, ein ohrenbetäubender Donner war schuld daran, die Schlüssel liegen jetzt unter mir.
„ Was machst du da „ raunzt mich meine Haustante an „ Geh zurück ins Haus „
Huch, das kitzelt, als sie die Schlüssel, die unter mir liegen, aufhebt. Endlich klappt es, die Tür geht auf, das Licht an.
Was sehen meine Augen!
Schlaraffenland bei uns im Keller, jetzt wird mir klar, warum sie nicht will, dass ich mitgehe. Alleine der Duft, der in meine hochempfindliche Nase steigt, lässt mich ins Schwanken geraten. Würste hängen von der Decke, auch ein ganzer Schinken gesellt sich dazu, geschweige von den Gläsern, in denen sich Schweinestücke in leckerer Marinade rekeln.
Die Gläser mit den eingelegten Gürkchen, Kürbisse, Zwiebeln und Pfefferoni stehen in einem anderen Regal, was auch gut ist.
Alles muss seine Ordnung haben. In einem weiteren Regal stehen die Marmeladengläser und eingelegte Früchte, Reihe um Reihe, Ordnung muss ja schließlich sein.

Ich träume so vor mich hin, und schließe meine Augen, als ich sie wieder öffne, ist es dunkel. Augen zu, Augen auf, Augen zu, Augen auf, es bleibt dunkel.
Bin ich durch die vielen Köstlichkeiten etwa blind geworden?
Nein, ein kleiner Lichtstrahl dringt durch eine offene Stelle am Kellerfenster, das Glas ist mit einer schwarzen Folie halb verklebt.
Langsam gewöhnen sich meine Augen an die Dunkelheit.
Der Duft in diesen Raum ist atemberaubend. Was mir mehr Sorgen bereitet, sind die vielen Dinge, die noch so rumstehen.
Es ist zu dunkel um alle richtig einzuordnen, plötzlich ist es für einige Sekunden hell, aber der darauffolgende Donner war ohrenbetäubend, ein Schlag an das kleine Kellerfenster lässt mich herumfahren, ein Stück der Scheibe fällt zu Boden, der andere Teil, gehalten von der schwarzen Folie hängt noch so

halb und halb im Rahmen, dafür ragt ein Ast vom Kirschbaum herein. Hat sich dort hinten was bewegt? Knurre sicherheitshalber, ein verhaltenes Bellen schicke ich hinterher.
Steht da hinten jemand? oder ist es nur eine Täuschung, spielen meine Nerven mir einen Streich? Gebe dich zu erkennen, belle ich ihn an, keine Reaktion, warum auch, es war der Arbeitsmantel, den meine Liebe manchmal im Garten anzieht, wenn sie ausnahmsweise etwas macht, was recht selten vorkommt. Meistens reicht ein Augenaufschlag und irgendeiner springt schon. Meistens unser Nachbar, der hat nämlich ein Auge auf meine Hübsche geworfen. Mit seiner doofen Katze hat er bei uns keine Chance.
Jetzt tropft es zu allem Überfluss auch noch herein und zwar über den Ast, es wird immer mehr, eine kleine Pfütze hat sich schon am Boden gebildet. Ich werde ertrinken, war mein erster Gedanke als ich sah, dass es nicht aufhörte zu rinnen. Renne zur Tür und fange aus lauter Verzweiflung an zu kratzen und zu bellen, aber alles hilft nicht´s, keiner hört mich, kein Wunder der Regen draußen ist lauter.

Die Pfütze hat sich mehr als verdoppelt und es rinnt immer noch über den Ast zu mir in den Keller.
Es ist dunkel, kalt und nass, und ich?
Habe etwas schiss, gebe es ja zu. Wenn das Wasser steigen sollte, müsste ich schwimmen. Ich kann gut schwimmen, das will ich nur gesagt haben, einen Vorteil hätte das alles aber auch, ich käme an all die Köstlichkeiten die oben in den Regalen liegen.
Alles hat Vor- und Nachteile, da stimmst Du mir doch zu?
Wie lange ich da unten war? Stunden, das sage ich dir.
Du schüttelst den Kopf? Okay, hast Du mit meinem Frauchen gesprochen?
Es war weniger, aber mir kam es lange vor, und im Dunkeln sowieso.
Und die Pfütze war auch nicht so groß? Na ja! der Eine sagt so, der Andere so! Ansichtssache. Du bist heute aber ganz genau.
Jedenfalls, irgendwann kam meine Hausbesetzerin heim, und was fand Sie?
Na was wohl?
Mich nicht. So, was sagst Du jetzt?
Sie war besser drauf, der Zahn war ja wieder gerichtet, aber, jetzt kommt das große aber, das Chaos im Garten erschien ihr wichtiger als meine Wenigkeit.

Es war wohl mein Magenknurren, oder doch der Ast im Kellerfenster, der sie veranlasste nach dem Rechten zu schauen. Und was fand Sie?

Mich, halb verhungert und vor Kälte zitternd. Deshalb ging ich ganz langsam zurück ins Haus, besser gesagt, ich schleppte mich mit letzter Kraft zu meinen Futternapf. Na ja, es ging so, ich meine die Menge.

Der Nachbar richtete das Kellerfenster noch am selben Tag, dafür bekam der Kater was zu fressen. Hallo! geht´s noch.

# 19 Mein Bett- Dein Bett

Jeder hat ein Bett, ich hoffe Du auch ? Aber natürlich! Wie komme ich dazu, so zu fragen? Nur weil ich bis jetzt kein eigenes hatte.
Aber das hat sich erledigt, ich bin seit neuestem auch Besitzer eines eigenen Bettes. Na, da staunst Du! Ich bin so aufgeregt.
Ja, wie kam das? Eine berechtigte Frage, deinerseits.
Es war ein grauer verregneter kühler, muffiger Montagmorgen.
Quatsch! Ich wollte Dich nur veralbern. Ganz im Gegenteil, ein schöner lauwarmer Montagmorgen.
Liege neben meinen Schüsseln und warte auf meine Beste der Besten, die Allerbeste.
Du findest, ich schleime? Wieso? die Wahrheit wird man doch noch sagen dürfen, oder? Okay, ich habe etwas dick aufgetragen, aber heute stimmt es.
Mit einen Lied auf ihren Lippen, kam sie beschwingt die Treppe herunter geschwebt, in einem bunten Frühlingskleid, bedruckt mit Blumen und Schmetterlingen.
Was, was, das stimmt nicht? Du verdrehst schon wieder die Augen, okay, ich berichtige.
Kein Lied, auf ihren Lippen, nur ein schlichtes aber herzlich gemeintes „ guten Morgen mein Schatz" nicht schwebend, eher schlürfend und das Kleid, das hängt im Schrank, leider auch nicht mit Blume und Schmetterlingen bedruckt, sondern mit Disteln. Ein Bademantel tut es heute auch.
Aber, „mein Schatz", das stimmt, das hat sie klar und deutlich gesagt. Ich stehe langsam auf, strecke ein wenig meinen Astralkörper....
Was gibt es da zu lachen?
Wollen wir uns zwei einmal in einem Spiegel betrachten?

Meine Liebste, öffnete die Haustür, dann gingen wir getrennte Wege, Frauchen im Bademantel in die Küche, um sich eine schwarze Brühe zu machen, die aus der Maschine langsam rinnt, ich schreite anmutig in den Garten, um dann schleunigst hinter einem Busch zu verschwinden, der besonders schön aussieht weil er so treibt. Morgen kommt der nächste dran.
Alles erledigt, rasch zurück ins Haus. Was für ein Anblick!

Meine Prinzessin, anmutig und graziös sitzt sie da, eine kleine Tasse mit duftenden aromatischen Kaffee in ihrer zarten Hand haltend, den kleinen Finger leicht weggestreckt, blickt sie in die neue Ausgabe der Tageszeitung.
Hallo, hallo, wo willst Du hin? Du kannst doch jetzt nicht gehen, so bleib doch, ich werde nicht mehr übertreiben, versprochen. Mein Ehrenwort, Pfote drauf.
Du siehst, dass ich es ernst meine, eine kleine Korrektur.
Mein Frauchen sitzt auf der Bank, im Bademantel mit einem großen Topf Kaffee, und blickt ins Beiblatt der Tageszeitung von gestern. Angebote über Angebote, so viele, dass man glatt seinen Hund vergisst, der auch frühstücken will.
Also ziehe ich ganz sanft und vorsichtig, korrigiere, ziehe heftig an einem Stück vom Bademantel.
Der Riss könnte schon vorher dagewesen sein, bin mir aber nicht sicher. Was ganz sicher ist, man sollte tunlichst vermeiden, so etwas zu machen, wenn jemand gerade zu trinken ansetzt. Zu dem Riss gesellten sich noch ein paar braune Flecken und ein kaputtes Bild, das fiel herunter als Frauchen hochsprang und mit der freien Hand eine unkoordinierte Bewegung machte. Der Kaffee war anscheinend noch etwas warm, das entnehme ich ihrem Schrei, oder ist sie nur erschrocken? Wer weiß das schon bei Frauen.
Meine springt wehklagend die Treppe hoch ins Badezimmer.
Frühstück kommt etwas später, kleinere Portion, mit dem Zusatz auf dem Sofa schlafen ab heute verboten.

Na dann halt zu ihr ins Bett, war mein erster Gedanke, geht aber nicht, die Türe war seit neuestem nachts verschlossen, angeblich würde ich zu laut schnarchen.
Ich nenne es schwer atmen.
Ja und jetzt, denke ich so bei mir, wo in aller Herr-Gott´s Namen, ja wo soll ich abends mein müdes Haupt betten, vom Mittagsschlaf ganz abgesehen.
Zum Zeichen, dass es stimmt, was sie angekündigt hat, bringt sie eine abscheuliche bunte Plastikplane herunter und legt sie auf das Sofa. Drehe mich sofort um, wer will schon freiwillig Augenkrebs bekommen, ich nicht.
„ Schau her! " zischt sie mich an, zeigt mir einen roten Fleck auf ihrem Bein.
„ Du hast mich mit Kaffee verbrannt " Die Stimme immer noch etwas ge-

reizt, humpelt meine Beste, das eine Bein leicht nachziehend in die Küche zum Apothekenkästchen , greift sich eine Tube und beginnt sofort, sich einzucremen.
Fünf Minuten, zehn Minuten, wie lange will sie noch cremen? Nein, das gibt es doch nicht, legt sie sich einen Verband an? Tatsächlich, ich mache mir langsam Sorgen, nicht um den Fleck am Bein, nein um meine Gesundheit.
Frühstücken, Gassigehen, Mittagsschläfchen. Alles, was ich mir hart verdient, jahrelang drauf hin gearbeitet habe, alles in Gefahr? Nur wegen eines klitzekleinen Flecks?
Sie tut mir schon etwas leid, mein Frauchen, aber das dauernde humpeln ist nicht anzusehen, daher gibt es für mich es nur eins, ab in den Garten, irgendwo habe ich ja noch eine Reserve vergraben.
So, jetzt. Aber wo? Überall frische Blumen gepflanzt, ich werde langsam zornig, mein Freiraum wird langsam eingeschränkt.
Soll ich jetzt anfangen zu graben, im Blumenbeet, überlege kurz, Hunger gestillt, oder der Platz im Tierheim!

Die Entscheidung wird mir abgenommen, denn eine Engelsstimme ruft mich
„ willst du heute nicht´s Frühstücken? Milou."
Na geht doch, man braucht nur etwas Geduld und Zuversicht.
Ich hetze nicht, auch springe ich nicht, schwebe nicht, nein ich gehe ganz langsam gemächlichen Schrittes zurück ins Haus, um nicht den Eindruck zu erwecken, dass ich ganz wild auf´s Fressen bin. Aber dass was ich dann sehe, ist nicht der Rede wert, lasse es links liegen, genehmige mir nur ein wenig Wasser und lege mich demonstrativ vor die Küchentür.
Meine Mitbewohnerin würdigt mich nur eines kurzen Blickes, ein verächtliches „ na ja „ war alles, was sie zu dieser Situation beitrug, hebt kurz ihre Schultern, um ihren Weg fortzusetzen von der Küche zurück ins Bad. Wäre da nicht ein Haustier, das ermattet vor der Küche liegt. Mit einem dick verbundenen Bein
tut man sich schon etwas schwerer, über das geliebte Tier zu steigen.
„ Oh, oh „ sagt meine Mitbewohnerin, beim ersten Übersteiger,
ein zweites „ Oh, Oh „ gleich darauf wieder, denn sie hatte etwas in der Küche vergessen, das dritte „ Oh, oh, oh „ war dann schon Routine.
„ Kannst du dich nicht woanders zum schlafen legen „ fordert mich meine

Süße auf.

„ Na wohin denn? meine Neunmalkluge „ melde ich mich beleidigt zurück. Auf´s Plastiksofa etwa, oder in der Küche auf den Steinboden, im Winter ist es dort gar nicht so schlecht, der hat nämlich Fußbodenheizung, aber im Sommer zieht es dort.

Wieso? fragst Du? Dann sind alle Fenster gekippt. Noch Fragen.

Stehe langsam auf, gehe ganz stolz auf sie zu, auf der Treppe überhole ich sie und lege mich kurzerhand vors Bad. So, meine süße Humpelmaus.

Sie geht ins Schlafzimmer nicht ins Bad. „ Hi hi „ lacht sie und schließt die Tür.

Na warte, meine Beste. Ändre meine Position und lege mich jetzt vors Schlafzimmer mit den Rücken direkt zur Tür.

„ Milou, was ist nur heute los mit Dir? „ Langsam ohne eine Miene auch nur zu verziehen, steigt sie bedächtig über mich hinweg, ohne ein „ oh und ah „

„ Komm auf Du Faulpelz, Gassi gehen „ Meine Hausbesetzerin steht mit der Leine bewaffnet vor der geöffneten Eingangstüre.

Ohne Frühstück! Nicht mit mir, das Wenige war gleich verputzt, nachspühlen, zwei drei Schluck, ich bin soweit.

Kein Auto, kein Fahrrad, kann ich verstehen mit dem eingebundenen Bein. Den Verband sieht man nicht, meine süße trägt heute ausnahmsweise Hosenanzug.

Es geht zur Straßenbahn mit einem leichten Umweg durch den Park. Ganz egal wo wir hingehen, wir treffen immer jemanden, so auch heute.

Trotz ihrer Behinderung heute. Die Verletzung kann nicht so schwer sein, wie sie tut, Zeit zum Reden hat man allemal.

Stehe ganz brav neben meiner Holden und warte und warte und warte. „ bla bla bla und bla bla bla „

Genug ist genug, deshalb ziehe ich einmal kurz an meiner Leine.

„ Wer sagt, ich hätte gerissen, nur weil meine Süße laut aufschrie. „ Das behauptet die Korpulente, sagst Du!

Anstatt eines Stadtbummels, führt uns unser Weg zum Hausarzt, natürlich begleitet von der Quatschtante.

Wieder warten, diesmal in einem überfüllten Wartezimmer, würde meine beliebte Hausbesetzerin nicht den Doktor privat kennen, ich läge dort immer

noch, voll zugedröhnt von der uns begleitenden Quatschtante, die kann fünf Minuten reden, ohne einmal Luft zu holen.
So arg kann die Verletzung nicht sein, denn nach zwei, drei oder auch zehn Minuten ist meine Patientin wieder bei mir.
„ Auf, auf zur Apotheke! Faulpelz „ sagt sie zu mir, und schiebt mich raus, vorbei an der netten Empfangsdame, hinaus auf den
Flur, zum Aufzug.

Ich gehe ja lieber, aber unsere Begleitung bestand darauf, den Aufzug zu nehmen, natürlich nur wegen meiner hinkenden Mitbewohnerin, ha ha, wer das glaubt ist selber Schuld.
Um die Ecke ist auch gleich eine Apotheke, Praktisch? oder Absicht! Tippe eher auf Absicht.
Muss draußen warten, was kein Problem für mich ist, so brauche ich, nein so entgehe ich eine Weile dem Redefluss der Quatsch- tante.
Interessant, neben der Apotheke befindet sich ein Korbgeschäft.
Ein großer, ausgepolsterter Hundewohlfühlschlafkorb, steht da im Schaufenster und ruft mich.

„ Milou! Körbe können nicht rufen „
Warum musst Du mir immer meine Illusionen zerstören, ha?
Das brauchst Du mir nicht zu sagen, das weiß ich auch, dass Körbe nicht rufen können, aber, aber,....vergiss es.
Illusionen Zerstörer. Nein ich bin nicht beleidigt, ein wenig vielleicht. Komm kraule mich, hinter dem Ohr. Ja, so ist es gut.
Genug, das reicht.
Wo bin ich stehen geblieben? Ach ja, beim Schaufenster.
Stehe da und hypnotisiere mein neues Schlafbett, und rufe ihm leise zu, warte, warte...

„ Geheult, hast du, wie ein Schlosshund „ sagt die Tante, die etwas mehr redet als andere.
Was, was!
Erstens, ein Schlosshund braucht nicht zu heulen, der hat so einen Korb und zweitens, zweitens...

Äh, was ich Dir noch sagen wollte, meine Zucker-süße-allerbeste hat es mir gekauft.

Ja und zweitens, hoffentlich treffen wir nicht so schnell wieder diese Quasseltante.

Zurück, ging es mit der Straßenbahn, na das war was, das kann ich Dir sagen.

## 20. Straßenbahn fahren!

Ich fahre gerne Straßenbahn, und Du?
Nur wenn sie nicht so überfüllt ist! Ja natürlich, das versteht sich von selbst. Ich bin auch schon einmal alleine gefahren, als meine süße krank im Bett lag, da war mir langweilig und das Wetter war auch nicht so berauschend, also habe ich einen kleinen Ausflug gemacht, einmal mit der Straßenbahn eine Runde.
Wäre da nicht eine Bekannte von meiner verschnupften, hustenden Bazillenschleuder gewesen, wäre ich gar nicht aufgefallen.
Das glaubst Du mir nicht! Das kannst Du aber.
Straßenbahn fahren ist im Prinzip ganz einfach, Du stellst dich an irgendeine Haltestelle und wartest bis eine Bahn kommt, einfacher ist es, wenn andere auch warten, dann stellst Du dich einfach dazu.
Also die Straßenbahn kommt, erst steigen Leute aus, aber dann muss man fix sein und sich sputen. Ich habe da schon meinen Platz, genau gegenüber der Tür, dort stehen sonst immer Kinderwägen, oder Leute mit ihren eigenen, fahrbaren Stühlen. Ich sitze da ganz friedlich und genieße die Fahrt, eine Station nach der anderen, Leute steigen ein und aus, alles ganz normal, wäre da nicht eine alte Bekannte meiner Hausbesetzerin. Sie begutachtet mich schon seit geraumer Zeit, nehme von ihr keine Notiz, denn ich weiß ja, wo sie aussteigt, an der nächsten Station.
Sie will aber nicht, im Wagen sind nur noch ein junger Mann, sie und natürlich der Fahrer.
„ Schwarzfahrer, Schwarzfahrer „ quiekt die etwas füllige Bekannte.
„ Wem gehört der Flohzirkus? „
Wir waren mittlerweile an der Endstation angelangt, alle waren schon ausgestiegen, nur ich saß noch da, und schaute ganz verdutzt den Fahrer an, der einen Kontrollgang machte.
„ Hat man dich vergessen? „
„ Ich kenn den Hund, das ist ein notorischer Schwarzfahrer „
Ganz aufgeregt steigt sie von einem Bein auf das andere, was recht drollig ausschaute.
„ Das ist ja gut, dann zahlen Sie jetzt für den Hund „ lächelte sie der Fahrer

an.

„ Nein, nein. So genau kenn ich ihn ja auch nicht, nur vom Spazierengehen. " sagte sie ganz entrüstet und stieg rasch aus.

„ Was machen wir zwei jetzt ? " Der freundliche Fahrer kniet sich zu mir runter und streichelt mir über den Kopf.

„ Ich bring dich nach Hause, denn ich habe jetzt Feierabend. "

Hallo, Milou! wie soll das gehen ? Na du kannst fragen, das ist doch ganz einfach. Pass auf.

Der freundliche Fahrer stellte sich neben mich, denn wir fuhren dieselbe Strecke ja wieder zurück. Leute stiegen ein und aus, grüßten meinen Begleiter, fragten ihn, ob ich zu ihm gehöre, er nickte nur, strahlte über das ganze Gesicht. Langsam füllte sich die Straßenbahn und meine Station rückte immer näher.

Wie willst du aussteigen, wenn keiner aussteigt, das frage ich dich ? Einfach, mein Freund. Stelle mich vor die Tür und belle, so auch in diesen Fall.

Irgendjemand drückte den Öffnungsknopf, dann stieg ich aus, drehte mich noch einmal um, bellte meinem Begleiter zu und verschwand in der Nacht.

Übrigens mein Frauchen ist wieder ganz gesund, das merkte ich Tage später, als ich eine Standpauke bekam. Im Park hält sich hartnäckig das Gerücht, ich sei ein notarischer Schwarzfahrer.

Die Frau mit den engen Schuhen hat das Gerücht verbreitet, na wer den sonst.

PS: Es gibt viele Fahrer bei der Straßenbahn, nur wenige sind wirklich freundlich.

Meiner war es, Dankeschön.

21. Wir warten auf ein Taxi, aber es kommt nicht.

Es kann jeder singen, einer mehr einer weniger, wie steht es bei Dir ?
Du kannst nicht singen! Das macht nichts. Bei meinem Frauchen ist es so wie bei den meisten, sie glauben singen zu können, aber sie kann es definitiv nicht. Nur wenige können es wirklich.
Meine Süße, fängt schon im Bad an, unter der Dusche, da hört man nicht so viel, was gut ist. Das Duschgeräusch überdeckt die meisten falschen Töne, oft summt sie dann weiter, weil sie den Text nicht mehr weiß. Aber auch das ist nicht besser.
Du fragst mich, was das ganze mit Musik zu tun hat, unsere Taxifahrt? Na kennst Du das Lied nicht?
„ Ich wart auf ein Taxi, aber es kommt nicht „
Du kennst die Gruppe? Wie heißt die ? „ DOOF „ Wie ? „DÖF"
komischer Name für eine Gruppe, DOOF , gefällt mir persönlich besser.
Heute ist ein besonderer Tag, meine Liebste ist zu einen Geburtstag eingeladen. Elke feiert ihren 50er, mit ihrer Familie,  Freunden und mit mir.
Mit einem Handtuch über ihren Kopf gewickelt und im Bademantel kommt sie pfeifend aus dem Bad, eine Dampfwolke verfolgt sie hartnäckig bis kurz vor das Schlafzimmer, dann aber verflüchtigt sie sich, ich meine die Wolke.
Zurück zum Taxi. Du fragst dich mit Berechtigung, warum wir heute nicht unsere Blechdose nehmen, mein Frauchen will auch feiern und nicht immer nur Wasser trinken, außerdem wird es wahrscheinlich auch sehr spät, dann ist es meistens draußen dunkel, und im Dunkeln fährt meine Süße nicht gerne. Also ruft Sie Wolfi an, Du kennst ihn auch, ich habe Dir von ihm schon früher erzählt. Er fährt am Wochenende meistens Taxi, wenn er nicht Bereitschaft hat. Er arbeitet bei, oder für die Stadt. Dieses Wochenende hat er Zeit, was für ein Glück für uns alle.

Warum fragst Du?
Professionell gefahren zu werden, ist wesentlich angenehmer, als von einer Kamikaze Pilotin.
Ich bin ungerecht? Bist Du schon einmal mitgefahren! Na also.
Egal, blicken wir uns auf das Wesentliche. Ich zum Beispiel trage heute zu gegebenem Anlass mein Glitzerhalsband, weil am Abend soll ich einen Brief,

oder ist es ein Gutschein? also ein Kuvert überreichen.
Und auf wen warten wir natürlich wieder, auf meine Zuckerschnecke, kommt halt wieder nicht in ihr kleines Schwarzes.
Ich habe eine Frage an Dich. Vielleicht kannst Du sie mir beantworten.
Verändern sich die Kleidungsstücke der Jahreszeit entsprechend?
Du greifst dich an den Kopf! Warum? Ist doch eine einfache Frage.
Meine Theorie, ist folgende, im Frühjahr, also ab März, sitzt das Kleidungsstücke super. Im Sommer bis in den Spätherbst, eher locker, das ändert sich, je näher wir dem November kommen, die Falten werden drastisch weniger.
Wo? Na Du kannst fragen. Überall, nicht nur am Kleidungsstück.
Keine Falten sind zwischen Weihnachten und Heiligen drei Königen zu sehen.
Liege ich da richtig, wenn ich behaupte es liegt an der Luft, oder an der Sonne?
Nein! Erkläre es mir. Jetzt nicht, meine süße Prinzessin schwebt heran. Fast Faltenfrei, ist ja auch schon November.
Wir sind fertig. Wer nicht da ist, das ist unser Taxi. Also singt meine Nachtigall wieder.
Ich wart auf ein Taxi, aber es kommt nicht, warte auf einen Diesel, aber es brummt nicht....
Na wo ist Wolfi.... beim Dart spielen. ER kam etwas später.

22. Es schneit.

Ein Sonnenstrahl der einsam durch das beschlagene Küchenfenster dringt, kitzelt mich an der Nase.
Kein Ton dringt vom Garten zu mir herein. Alles ist still, unheimlich still.
Welcher Tag ist heute. Ich überlege und rechne nach. Du musst wissen, ich habe die ganze Woche in „ Mein Tag " eingeteilt. Also.
Für dich ist Montag der erste Arbeitstag, meistens.
Für mich ist der Montag aufstehen, fressen trinken spazieren gehen Tag.
Dienstag: Aufstehen, fressen trinken spazieren gehen, Katze ärgern Tag.
Mittwoch: Aufstehen, fressen trinken spazieren gehen, Hütte aufräumen Tag.
Donnerstag: Aufstehen, fressen trinken spazieren gehen, Vorräte kontrollieren Tag.
Freitag: Aufstehen, fressen trinken spazieren gehen, Markttag Tag.
Samstag: Aufstehen, fressen trinken spazieren gehen, wir besuchen oder Besuch kommt Tag.
Sonntag: Endlich ausschlafen....
Aber so genau nehme ich das mit den Tagen auch nicht. Egal.
Ruhe, diese Stille, wäre nicht meine sangeswütige Nachtigall.
„Leise rieselt der Schnee, still und starr liegt der See.."
In ihren rosa, mit einer Quaste verzierten Hausschuhen, tänzelt Sie Richtung Küche, verfolgt von einem Rosen-Veilchen Duft, dabei trällert sie das Lied, welches ich nicht ganz verstehe.
Wer hat Schnee fallen lasen ohne mich zu fragen, na wer?
Na weist Du die Antwort? Auch nicht! So, das passiert jedes Jahr, jedes Jahr zur selben Zeit.

Und wer ist am Schluss wieder Schuld, na wer ? Ich natürlich.
Der Nachbar flucht dann die ganze Zeit beim Schnee schippen, meine Winterfee streut etwas auf den Gehweg und freut sich.
Warum, das weiß nur Sie. Ok, Kinder freuen sich auch. Und Du? Wie ist es bei Dir? Freust du dich, oder ärgerst du dich ?
Entscheide dich, geht nicht! Ich werde dir helfen.
Am ersten Tag ist es richtig schön, so einfach im Pulverschnee herumtollen, der zweite Tag geht auch so la la, aber dann beginnen die Probleme. Kommt

es zum regnen, wird alles zu Matsch, gibt nur dicke Füße, Schneeklumpen haften dann an meinem Fell. Und die Reinigung, nichts als Ärger mit meiner Süßen. Sie will das, ich will das nicht. Wir einigen uns aber immer wieder auf eine Arbeitsteilung.

Ich mach den Dreck, Sie wischt auf. Aber diesmal ist es ein klein wenig anders, es schneit schon fast eine Woche, mit kurzen Unterbrechungen. Das Spazierengehen wird kompliziert.

Überall haben Erwachsene und Kinder, weiße Männer mit dicken Bäuchen aus Schnee gebastelt.

Als ich noch klein war, habe ich mich am Anfang furchtbar erschrocken, jetzt nicht mehr, denn sobald die Sonne zurück kommt aus dem Urlaub verschwinden sie wieder.

Ich habe da noch eine Frage an Dich, ich hoffe Du kannst sie mir beantworten.

Gibt es nur „Schneemänner „ oder gibt es auch „ Schneefrauen „ Ich weiß es mit Sicherheit, es gibt Schnee-Hasen.

Aber jetzt die alles entscheidende Frage aller Fragen.

Wie schaut es aus mit „ Schneehunden „

Mach dir bitte Gedanken und erzähle es mir Morgen.

23. Das Weihnachtsfest.

Zu meiner Schande muss ich Dir gestehen, dass ich heute verschlafen habe.
Was gibt es da zu „ Kichern „ hast Du noch nie verschlafen ?
Na siehst Du, kann ja jedem passieren, soll kein Vorwurf sein.
Letzte Nacht hat es wieder heftig geschneit, dazu sage ich Dir gleich, es ist nicht meine Schuld. Die Stille und der Duft des Waldes im Wohnzimmer waren die Ursache meiner Glückseligkeit. Du musst verstehen, meine Mitbewohnerin, also mein Frauchen, schleppt jedes Jahr so um dieselbe Zeit immer einen Baum zu mir ins Wohnzimmer, dafür werden extra einige Möbel zusammengestellt. Wir haben genügend Bäume im Garten, aber nein, einen schleppt sie immer wieder an, so auch gestern. Der ging nur ganz schwer durch die Eingangstüre, er war Gott sei Dank in einer Schutzfolie, sonst hätte es Kratzer an der Tür gegeben, dann hätte es wieder geheißen „ warst du das Milou? „
Aufgestellt, von seiner Schmutzfolie, äh ich meine, von seiner Schutzfolie befreit, steht er jetzt da, na ja, grün ist er halt.
Wo sie den herhat, keine Ahnung. Ich denke, den hat sie sich auf dem Markt andrehen lassen, für viel Geld.
Der verschwindet wieder sobald seine Nadeln überall im Zimmer verstreut sind, dann ist Schluss, so nach drei vier Wochen. Dafür sorge ich schon.
Baumnadeln verteilen, das kann ich sehr gut, bin sozusagen Spezialist dafür.
Jetzt halte Dich bitte fest, denn was jetzt kommt gleicht einer Operettenaufführung.
Tänzelnd, um ihre eigene Achse drehend, ein Lied auf den Lippen, schwebt sie ins Wohnzimmer. In ihren zarten Händen einen Karton voller Krims-Krams, der so ähnlich ausschaut wie der meiner voller Spielzeug.

Zu Ehren unseres Kurzgastes, wird eine Schallplatte aufgelegt, Weihnachtsmusik erklingt. Alles gut und schön, würde nicht meine Hausbesetzerin, dazu singen. Das Kratzen der Schallplatte auf dem alten Plattenspieler und die Begleitstimme meiner Mitbewohnerin, das reicht.
Ich ziehe es vor, mich in die Küche zu verdrücken. Der Küchenduft entführt mich ins „Schlaraffenland". Meine Augen werden schwer und schwerer, ich schlafe ein.

Nur kurz, das will ich ausschließlich betonen, auch wenn mein liebes Frauchen etwas anderes behauptet.
Sie hätte mich angeblich aufwecken müssen. Das stimmt so nicht ganz.
Ich war schon wach, aber meine Augen waren noch zu, eine sogenannte Aufwachphase, Nachträumen nenne ich das.
„ komm mein Schatz" zwitschert sie, und tänzelt leichtfüßig ins Wohnzimmer voraus.
Gibt´s dort was zu essen, das war mein erster Gedanke, denn nach einen Schläfchen, habe ich immer so ein Leeregefühl in der Magengegend. Also schleppe ich meine immer noch müden Knochen Richtung Wohnzimmer.
„ Voilà" Mit ausgestreckter Hand zeigt meine Hausfee auf unseren neuen Wohnzimmerbesetzer, der sich richtig schön herausgeputzt hat.
Bunte unterschiedlich große Kugeln an seinen Ästen, Lametta überall, und zur Krönung eine Lichterkette, keine gewöhnliche, nein eine außergewöhnlich helle, blinkende. Ok, wem es gefällt! Mir ist es eindeutig zu hell, das muss meine feinfühlige Untermieterin sofort bemerkt haben, denn mit Zauberhand, „Tara"es wurde merkbar dunkler.
Erst jetzt war es richtig Stimmungsvoll.
PS. Wäre da nicht das „ SINGEN „ meiner Süßen gewesen.

24. Überall kracht es..

Muss das sein? Ich frage Dich, allen Ernstes, muss das sein?
Mich so zu erschrecken?
Nein, Dich meine ich nicht persönlich, sondern im allgemeinen.
Wer hat das eingeführt? Immer einmal im Jahr so einen Zinnober durchzuführen. Es kracht an allen Ecken und Enden.
Denkt denn keiner an die Tiere! An die Vögel zum Beispiel, und an mich.
Es fängt ja schon früh an, sobald das Zeug verkauft ist, fallen die ersten Kracher. Selbst kleine Kinder zündeln schon, bis was passiert, dann ist das „Geheule" groß.
Wir kaufen nicht´s, ich meine natürlich meine Zuckerschnecke, die ist vernünftig, und spendet jedes Jahr einen Geldbetrag einem Waisenhaus. ( hoffentlich kaufen die dafür nicht´s zum Schießen. Nein das glaube ich nicht, das hoffe ich )
Gestern zum Beispiel wollten wir beide, also meine „Personal Trainerin" und ich zum Laufen in die angrenzenden Fluss-Auen gehen, da kracht es plötzlich hinter uns, wir beide haben uns so dermaßen erschrocken, aber leider keinen gesehen , deshalb zweigten wir bei der nächst besten Gelegenheit ab, und liefen nach Hause. Denjenigen hätte ich mir gerne vorgenommen und ihn einmal den Fluss hoch und runter getrieben. Im Laufschritt natürlich, damit er in Zukunft diesen Blödsinn nicht mehr macht.
Am Abend ging es erst richtig los, das steigerte sich, aber am schlimmsten war es um Mitternacht zur Geisterstunde, die armen Geister. Wir hatten natürlich Besuch, meine Süße hatte Freunde eingeladen. Einige kannte ich, aber du warst nicht da! Warum eigentlich nicht ?
„ Ah, ha „ woanders gefeiert, Ok.
Ich lag unterm Sofa und beobachtete das Treiben, alle liefen umher, umarmten sich, wünschten sich alles Gute. Es krachte
ununterbrochen. Im Zimmer wechselten sich die Farben im Sekundentakt ab, es hallte durch´s ganze Haus und der Gestank erst. Menschen haben eine andere Geruchswahrnehmung als wir Hunde. Es stank erbärmlich nach allem Möglichen unter anderem auch nach Schwefel.
Eine Frage an Dich!
Riechen Geister nach Schwefel? Wenn ja, dann lag einer neben mir unter dem

Sofa. Ich verzog mich von dort ins Schlafzimmer, wo es wesentlich angenehmer war, alleine der Duft von meiner Süßen beruhigte mich allmählich, aber an Schlaf war nicht zu denken. Ich ärgerte mich ein wenig über die Essensverteilung.

Wie immer war ich benachteiligt, aber bei dem ewigen Lärm verging mir auch etwas der Appetit, der meldete sich nach Abklingen der Schießerei schlagartig zurück.

Was machen?

Runter gehen? Zu den Geistern, die sicher noch unter dem Sofa lagen, oder in die Küche zu den übrig gebliebenen Gästen, die mittlerweile auch schon wie Geister aussahen?

Lieber einen Hungertag einlegen und auf Morgen hoffen.

Bekanntlich stirbt die Hoffnung zu letzt.

Es krachte noch einen Tag danach, aber jetzt ist Schluss. Gott sei Dank.

Die Essensausgabe hat sich auch wieder reguliert, was gut ist, das einzige was noch aussteht, das sind die Geister.

Zu nächtlicher Stunde kann ich sie ganz leicht riechen, oder ist das nur Einbildung? Egal..

Ein gutes und gesundes neues Jahr wünscht Dir

MILOU

PS: Ein Geistreiches aber hoffentlich ein Geist freies...

## 25. Milou sagt Dankeschön

Meine Freunde
Vielen Dank für die schönen Stunden, die ich mit euch verbringen durfte, die Erlebnisse die wir gemeinsam mit Humor und Witz meisterten.
Ganz besonders möchte ich mich bei meinem Frauchen bedanken, Sie die Allerbeste und das meine ich wirklich so.

DANKSCHÖN.

Eure Milou


PS: Mit der Essensverteilung, da hat Sie ein kleines Defizit, die Menge stimmt nie....

**Außerdem sind von FR-AN-ZI folgende Titel erschienen:**

*Paulinchens Kurzgeschichten*

*Wir müssen reden*

*Alte Sünden werfen lange Schatten*

**demnächst:**

*Okay-Why (Reisebericht aus Sri-Lanka)*